AF438931

# EL VALS DE LOS MONSTRUOS

# EL VALS DE LOS MONSTRUOS

Lola Ancira

"La palabra sólo es obra cuando se convierte en la intimidad
abierta de alguien que la escribe y de alguien que la lee, el
espacio violentamente desplegado por el enfrentamiento
mutuo del poder de decir y del poder de oír."

Maurice Blanchot, *El espacio literario*


"[Los monstruos] están ahí, rodeándonos, configurando la
gran metáfora de nuestras frustraciones. Monstruos que
exigen nuestra comprensión y todo nuestro amor."

Javier Tomeo, en entrevista para *El Cultural*

# En el Oriente se encendió esta guerra



Era el cuarto juego consecutivo que perdía y aún nadie lograba entender cómo uno de los campeones mundiales de ajedrez estaba pasando por una racha como ésa. El rumor corrió con premura y todas las personas, tanto aficionadas como profesionales, no quisieron perder la oportunidad de probar suerte con el excepcional contrincante, el Turco, que resultaba invicto en cada partida. Su fama creció, y empezó a recibir invitados de otros países, pues ningún ajedrecista digno desdeñaba la oportunidad de conocerlo y enfrentarse con él.

La complacencia de Édgar, su joven propietario, era total, por lo que había decidido que el Turco debía tener un mayor renombre y ser conocido fuera de sus dominios. Para asegurar su éxito, convocó primero a los mejores ajedrecistas: si los derrotaba, podría afirmar que siempre saldría victorioso. En realidad, el único juego que no ganó concluyó en un jaque perpetuo.

Era magistral: un mueble rectangular de ébano, en apariencia cerrado y del tamaño de una mesa individual, exhibía dos puertas de pequeños compartimentos en su lado más amplio; un cajón largo debajo, y, en la superficie, un ostentoso tablero de ajedrez. En el flanco opuesto a las puertas, sentado en un banco, se encontraba un autómata ataviado con lujosas ropas, las cuales incluían el turbante y la túnica que dieron origen a su nombre. Su semblante relajado y su anatomía delicada eran en sí una invitación a aproximarse.

Édgar, quien convivía sólo con una temerosa pero necesaria servidumbre, se dedicó a dilapidar su parte del patrimonio familiar en festines a los que acudían los habitantes populares de Villa La Angostura. Al terminar el primer mes se interesó más en las relaciones interpersonales que en los enfrentamientos entre los jugadores y el Turco. Nadie lo culpaba; esas noches de singulares excesos parecían ser ahora lo único que alegraba su existencia, e incluso se pasaba por alto que obligara a los criados a realizar sus labores semidesnudos y los implicara en toda clase de actos sexuales que, de no ejecutar, sancionaba con severidad.

Muy pocos sabían sobre su vida, y eran aún menos sus allegados. Su carácter provocaba por igual odio, lástima o compasión, pero nunca cariño. Si aceptaban las múltiples invitaciones, era sólo para hacer de ese suntuoso lugar, llamado el Messidor, un sitio de disipación en el que ni los prejuicios ni las críticas tenían cabida.

La genialidad del artificial ajedrecista fascinaba a los invitados, que no dejaban de preguntarse quién habría creado tan magnífica obra. Cuando la curiosidad imperaba entre ellos y el capricho de alguno se convertía en exigencia por conocer la verdad, Édgar les mostraba el interior del artefacto: compartimentos con diferentes mecanismos y engranajes hacían funcionar el prodigio. No había misterio alguno.

Algunas noches especiales guiaba a los asistentes a la sala en la que se exhibían diferentes modelos de autómatas o algunas de las peculiares colecciones creadas por sus padres, donde se podían contemplar obras basadas en la Sirena de

Fiji; cerebros humanos seccionados y expuestos en placas; cráneos tibetanos tallados; cabezas reducidas por los jíbaros; venus anatómicas francesas, y pequeñas figuras desmontables de madera de idéntica fisiología, la mayoría con una antigüedad mayor a doscientos años. Al amanecer, los convidados se despedían maravillados y horrorizados por igual.

Tener de nuevo ante sus ojos la antigua residencia familiar y atravesar el portón oxidado, tras una larga década de ausencia, hizo que Horacio evocara imágenes de acontecimientos que creía olvidados, y su piel erizada era el claro símbolo de que lo angustiaban demasiado. Había vuelto para rescatar un solo y adorado artilugio, el Turco. Lo demás se podía ir a un infierno que sería creado con gasolina y fósforos.

Horacio y Édgar nacieron el mismo día, con una diferencia mínima de tiempo. Debido a las complicaciones del embarazo, Eglé, su madre, tuvo que permanecer en cama durante el último trimestre. El principal problema era que uno de los fetos estaba alimentándose y creciendo con mayor rapidez que el otro, un síndrome denominado transfusión gemelo-gemelo. Incluso al momento del nacimiento, el cordón de uno estaba alrededor del cuello del otro. Sin dar importancia a ese hecho, el obstetra realizó su trabajo.

Fuera ya del espacio limitado y separados por sus respectivas incubadoras, los bebés dejaron de pelear por exterminarse. Édgar había pesado un kilo más que Horacio y su estatura era mayor por tres centímetros. En realidad, sus padres habían buscado descendencia no por motivos sentimentales, sino para asegurarse de que la riqueza y los valiosos objetos quedaran en manos de su propia sangre.

Nunca nadie vio en los niños la menor muestra de cariño, ni siquiera hacia sus padres. Un desapego tenaz crecía dentro de ellos, en vez del sentimiento de pertenencia que supone ser parte de una determinada estirpe.

El tiempo no se detuvo un instante por los hermanos y tampoco lo hicieron sus progenitores, dos siluetas quiméricas y esquivas que salían a constantes reuniones y viajes; con omisión del nombre de las criaturas, ignoraban cualquiera de sus singularidades o inclinaciones; compraban los mismos obsequios para ambos, y reducían al mínimo los momentos que compartían con ellos. Pronto se convirtieron en dos palabras usadas cada vez con menor frecuencia, y aquellas formas casi invisibles perdieron toda autoridad. Una nana y una institutriz se encargaron de suplirlos y media docena de criados estaba a su disposición. Pero había también otra figura constante, aunque pequeña, en la residencia: David, el hijo menor de la nana, quien hubiera pasado desapercibido para los padres de no ser por una desgracia.

Para aminorar la soledad y el abandono de los dos críos, el único adulto que vivía también en la mansión, la nana, había decidido que los tres niños fueran compañeros de juego. Las constantes riñas que protagonizaban y los moretones en sus cuerpos eran casuales en esa etapa de la infancia, pero comenzó a preocuparse cuando el único objeto de los golpes, en apariencia accidentales, era su hijo. Supuso que, por ser el menor, David tenía más posibilidades de perder en las continuas batallas que acontecían dentro y fuera de la vivienda, y no pretendía quejarse con los señores, pues sabía que ese tipo de problemas podrían poner en riesgo su empleo.

A pesar de que Édgar se alimentaba más y mostraba una mayor vitalidad, la mujer no vio motivo alguno de preocupación en esos detalles, pues estaba convirtiéndose en el hombre que debía ser. A sus ojos, los otros también estaban preparándose para el futuro que les correspondía.

El tiempo que los hermanos pasaban juntos terminaba de manera catastrófica, ya fuera por lesiones graves, como la fractura expuesta de tibia que le dejó a Horacio una gran cicatriz y un renqueo casi imperceptible de por vida, o la herida que requirió de puntos en la cabeza de Édgar; ya por los cuerpos destrozados de distintos animales que solían aparecer en los jardines los fines de semana. Entre los gritos ensordecedores y correteos habituales nunca se escuchó una recriminación, pues los tres sabían que al hacerlo recibirían un peor suplicio.

Una tarde de los primeros días de primavera en que volvían los gemelos del colegio, Horacio se dirigió a la mansión y Édgar fue al campo de juegos, donde David creaba carreteras en la tierra y jugaba con la grúa de metal de éste. Tras un saludo corto, Édgar sintió que debía quitar cuanto antes las sucias manos de ese crío de su juguete favorito. A escasos metros estaba el deslizadero que utilizaban en invierno para arrojarse con los trineos, lo que le dio una idea. Sin mostrar rasgos de ira, invitó al pequeño a acompañarlo y empezó a caminar hacia allá; éste se le unió alegre y expectante. Al llegar, Édgar comenzó a subir por la escalera, y David lo imitó. Ya estando en la cima, Édgar le pidió que fuera el primero en deslizarse. David se acercó a la orilla, pero, al mirar hacia abajo y percatarse de que utilizar el deslizador sin nieve ni trineo era un poco escalofriante, por primera vez dudó de Édgar, así que giró el rostro para mirarlo.

Sin pensarlo, Édgar, de una fuerte y contundente patada, arrojó a David al vacío de cuatro metros, y éste cayó de forma tan rápida y con tal fuerza que dio de lleno con la boca en el empedrado. Tras el vértigo fugaz llegó el impacto: se rompió los cuatro dientes superiores frontales y el cuello. Un charco de sangre bajo su rostro estrellado empezó a crecer con lentitud.

Una repentina sensación de intranquilidad obligó a la nana a mirar por la ventana de la cocina en el momento en que los hermanos se volvieron a reunir, esta vez al borde del deslizadero. Se percató de la desgracia cuando bajó un poco la vista y miró el bulto que no se movía. El visible desastre presagiaba el horror.

Antes de salir y realizar cualquier acción, incluso llorar, fue consciente de la tragedia inmediata y llamó al médico familiar con la esperanza irreal de encontrar una solución. El doctor llegó en quince minutos al sitio indicado, donde encontró el cuerpo de David custodiado por su madre y los dos chiquillos. Después de una breve revisión, dijo que, debido a las graves lesiones medulares, la muerte había sido instantánea. La nana comenzó un llanto profundo y silencioso.

Horacio guardó silencio y supo real una amenaza sin necesidad de escucharla. Un terror germinaba ya en su interior. El fallecimiento se atribuyó a un percance; aunque los adultos dudaban del argumento, ninguno expresó su inquietud ni volvió a interrogar a los niños.

Al día siguiente los padres aparecieron tras dos meses de ausencia, y fue la última vez que los hermanos vieron a la nana. A las pocas horas volvieron a partir, tras dirigir algunas frases cortas a ambos y besarles las frentes. Una tutora llegó ese mismo día por la noche y se instaló en la habitación asignada. La muerte del niño de cinco años, hijo de la servidumbre, no fue una noticia importante.

Los gemelos pasaron un último cumpleaños juntos, el número veinte. No habían tenido noticia alguna de sus padres desde las últimas tres celebraciones, y los sorprendió el repentino anuncio de la aya: su padre había decidido darles a conocer los términos de su testamento vital en esa fecha precisa. La mansión, por supuesto, quedaba a nombre de los dos hijos, y todos los objetos de valor dentro de ésta serían repartidos por igual. Cada uno era acreedor a una cuenta bancaria con los mismos fondos, cuyas cifras les parecieron infinitas. Y eso era todo.

Horacio decidió marcharse. Una fría despedida los hizo conscientes de que una parte de sí mismos, la única con rastros humanos, se perdería.

Ambas vidas, separadas por cientos de kilómetros pero idénticas en cuanto a sus necesidades primitivas, no cesaron de saciar sus manías. Horacio se apropió de la sofisticación y el poder del que Édgar, bestial desde la concepción, no podía gozar encerrado en ese lugar, confinado a sí mismo.

Desde la separación, Édgar acostumbró salir a cazar zorros los jueves. La primera vez que lo hizo observó, en la lejanía, a un anciano moviéndose con dificultad y con algunas ramas en los brazos, y dirigió hacia él la mira de su rifle. Su primer pensamiento fue de soberbia; el segundo se convirtió por instinto en un acto: presionó el gatillo cuando la cabeza del hombre estaba enfocada con precisión.

La fuerte vibración de un ventanal lo trajo de nuevo al presente, y Horacio se percató de las decenas de siluetas blancas que adornaban la desolada vivienda; sus formas delataban los objetos ocultos debajo de ellas: reconoció el reloj de pie del siglo pasado; el piano de cola, del que en escasas ocasiones escuchó alguna melodía, y la gran mesa del comedor, con sus respectivas sillas, aguardando en silencio por una multitud inexistente.

Le habían notificado la desaparición de su hermano semanas atrás, pero lo había considerado otra de sus extravagancias e ignoró la llamada. Durante los últimos años habían perdido cualquier tipo de contacto, y preocuparse por él no era algo que tuviera en mente en ese momento. Sin embargo, las llamadas continuaron irrumpiendo en su vida, hasta que una angustia súbita lo consumió y decidió regresar.

Volvió, tras una década, al hogar paterno. Descubrió que su hermano se había convertido en un personaje del que no se podrían confirmar sus estrafalarias obsesiones. El poder de la riqueza de ambos se había esparcido de boca en boca: comprar el silencio o la dignidad de cualquier ser humano era una posibilidad que se permitían cuando advertían la cifra anhelada en un rostro.

Supo que su posesión más preciada seguía siendo el Turco, que su padre, pocos días antes de morir, había adquirido para la colección en su último viaje a Estambul y que había sido entregado en la mansión por Murat, un enigmático mensajero del mismo antiguo bazar, quien alegaba que había sido pagada una cantidad exorbitante para que tanto él como el autómata ajedrecista lograran realizar la travesía al nuevo mundo. En una carta firmada, su padre pedía que habilitaran y le asignaran el cuarto del sótano al hombre y que vaciaran uno de los salones y ahí colocaran el artefacto.

Fascinados por el excepcional artilugio, y por el enviado, los hermanos lo pusieron en marcha. Murat les mostró que el autómata en realidad era ficticio: dentro de él había el espacio preciso para que un ser humano adulto se introdujera y, a través de un complejo mecanismo, lograra realizar los movimientos necesarios para que el maniquí manipulara las diversas piezas de ajedrez en el tablero. Los adolescentes realizaron sus mejores aperturas y tácticas, pero, en la infinidad de veces que jugaron contra él, sólo en dos ocasiones lograron pensar que podrían vencerlo. El Turco no perdió una sola partida, y se mostraba generoso cuando regalaba dos o tres piezas al contrincante.

Horacio recordó con malicia la dicha que le ocasionaba ver rabiar a su hermano tras cada juego devastador, y decidió constatar que el artilugio seguía formando parte de ese espacio melancólico. Conforme se acercaba, su corazón comenzó a palpitar con mayor rapidez y un tamborileo continuo en las sienes lo acompañó; entró en el salón y quitó la sábana blanca que cubría al Turco: las piezas estaban guardadas, a excepción del rey negro, que sostenía en su mano derecha.

El silencio que debía mantener y su imposibilidad para tener cualquier contacto social fuera de la mansión, aunado a las constantes vejaciones por parte de Édgar, convirtieron a Murat, el gran ajedrecista, en un mártir agotado.

El autómata era ahora el objeto predilecto de los invitados. Édgar tenía planeada una gran fiesta para el día siguiente, una celebración que no se compararía en nada con las anteriores. Durante la mañana, diversos servicios llegaron al lugar para decorar e instalar artefactos por doquier, y en ese transcurso el anfitrión decidió verificar que no hubiera desperfectos.

Encontrar vacío el escondite en el Turco lo enfureció. Murat no estaba en la mansión y nadie lo había visto durante toda la mañana. Édgar soltó una sarta de improperios y decidió ser él mismo quien tomara su lugar.

Esa noche, en su primer y último juego, el Turco perdió por primera vez, y el hecho no tuvo la menor gracia: de manera rápida y estrepitosa, una apertura italiana del contrincante lo dejó fuera de la partida en un par de movimientos. La atmósfera chocante del estrafalario lugar se alteró; se fragmentó el sentimiento de grandeza que profesaba su público. Para prolongar la mentira, Édgar contuvo su cólera. Los invitados, tras varias horas de no encontrar al anfitrión por ningún lado y ante la negativa del ajedrecista artificial a realizar cualquier otro movimiento, decidieron marcharse.

Cuando ningún sonido fue audible, decidió salir; mas la pequeña puerta estaba atascada. Empujó, pataleó y dio puñetazos, pero ésta no cedió. Entró en pánico y comenzó a gritar por ayuda, importándole un bledo que cualquiera supiera la verdad. Nadie acudió al llamado y aquel minúsculo espacio se convirtió en el único testigo de sus últimos minutos de vida, de la angustia que lo invadió al saberse consumido por su obstinación. La servidumbre no volvió: sólo se presentaba al ser convocada.

La oscuridad lo fue invadiendo todo. A pesar de que durante el día tenía una vista limitada del exterior, reconocía una figura fugaz y pequeña burlándose de su condena, mofándose de su castigo y regocijándose. Días después, todo cesó de manera repentina tras un prolongado silencio y un golpe seco. Sus sentidos dejaron de percibir. Lo último de lo que se percató fue de la palabra *bienvenido* pronunciada por una voz infantil que conocía muy bien.

Durante los últimos años nadie visitó el Messidor.

Con algunos inconvenientes, dos trabajadores lograron transportar al autómata. En el trayecto al vehículo, escucharon el sonido del engranaje hacer algunos ruidos sordos.

Horacio, una vez en su hogar, encontró una placa de oro atornillada en la parte inferior, que mostraba más de lo que Murat le había contado en su adolescencia: el creador, y el lugar y año de fabricación: "Wolfgang von Kempelen, Hungría, 1769". Optó por acomodarlo en la estancia e intentó ponerlo en marcha aun sabiendo que no funcionaría. Al tocar la madera y verificar el estado de su autómata, halló el compartimento en el que se ocultaba la llave de la trampilla por donde se introducía el jugador real.

En cuanto la abrió, encontró una momia muy bien conservada. Reconoció los rasgos duros del rostro que dejó de ver cuando se convertía en un adulto. No sintió tristeza alguna, sólo alivio al saberse libre de una maldición que lo había perseguido desde que tenía memoria.

Por dentro, la caja de ébano devenida ataúd presentaba evidentes muestras de violencia: rasguños profundos que denotaban una intensa desesperación y que exponían algunas uñas clavadas en la madera. Los puñetazos habían dejado marcas significativas, pero el Turco había sido hecho para sobrevivir durante siglos, incluso a enfurecidas batallas en su interior.

En el rostro momificado de su hermano era clara la señal particular de su estirpe: algún día, él también debería afrontar su propio abismo.

# El nombre del miedo

"Yo no hablo de venganzas ni perdones,
el olvido es la única venganza y el único perdón."

Jorge Luis Borges, "Fragmentos de un evangelio apócrifo"

No había pasado del jardín, cuando constató el abandono y la suciedad. La recibió la noticia de una caída en las duchas. Avanzó con lentitud hasta la habitación donde le dijeron que me encontraría. Al verme en mi lecho así, tan indefensa y diminuta, no pudo reprimir una mirada de furia, que mis ojos sorprendieron al momento en que una cuestión fatal se formulaba en su mente: "¿Por qué no te mueres?" Descubrió en mí una tristeza de la que no se olvidaría, pues supo que había adivinado su funesto pensamiento; aunque éste al poco tiempo ya se había convertido en una súplica, una demanda para alejarme de todo lo inmundo en lo que se había transformado mi existencia.

Aguardó a que me quedara dormida. La respiración pesada y profunda no se hizo esperar. Se levantó y me retiró la mascarilla de oxígeno del rostro. Pidió perdón en silencio y enseguida se arrepintió, pues lo que estaba a punto de hacer habría sido el gesto más grande de amor que me hubiera profesado. Aunque no podía verme vivir así, le era imposible evitar que me consumiera en ese muladar de insuficiencia, y de nuevo me colocó la mascarilla con suavidad e indecisión. Se marchó con el sentimiento de impotencia que la embargaba al saberse tan débil. En sus entrañas algo punzó con fuerza, era el rencor que de nuevo empezaba a formarse, un ser diminuto, apenas perceptible. El ciclo se repetía cansada, insistentemente.

Los últimos años todo se complicó por la edad y por el cansancio de una mente que había decidido ceder: en ocasiones, los papeles que se han representado se desvanecen y es necesario reformularlos y reasignarlos desde circunstancias inimaginadas.

Fui testigo de cómo, décadas después de atravesar la niñez, el destino les otorgó a tres de mis cuatro hijos la independencia necesaria para cada uno. En un lapso muy corto, los tres cambiaron de vivienda; aquel hogar aparentó un tamaño mucho mayor para mi marido, Fortunato; nuestra hija menor, Leonor, y para mí. Algunos años más tarde, un irrefutable deseo por distanciarse inundó a Leonor; se marchó. Cuando la soledad y el silencio comenzaron a hacer mella en nosotros, algo inesperado ocurrió: la muerte súbita, durante el sueño, de Fortunato. Esa noche me castigué por no haber hecho caso al presagio de sus manotazos, a sus movimientos incoherentes y al estrépito provocado cuando cayó de la cama. Al despertar, me supe sola por primera vez. Por la estación del año, también entendí que él se había convertido en mi invierno y que al dejarme rompía el pacto con el que nos habíamos unido.

Mi hogar se transformó en un sitio poblado de murmullos, de ruidos sordos que atestiguaban la nueva vida que los habitaba: espectros deambulando ya libres por los amplios pasillos y habitaciones. Durante nuestro matrimonio, nos convencimos de que ésos eran los sonidos propios del paso del tiempo incrustados en el inmueble e ignoramos las sombras huidizas y los sollozos gracias a la confianza que otorga el saberse acompañado. Y, cada vez que llegaba un integrante nuevo a la familia, esa confianza crecía y llenaba espacios completos, ahuyentando así a los verdaderos inquilinos. Los cuerpos de los vivos habían cedido el lugar a los espíritus.

Tras el fallecimiento de Fortunato, empecé a soñarlo: conversaba con él y reíamos, discutíamos o nos enfadábamos de la manera más ordinaria. Los motivos de nuestros encuentros giraban en torno a trivialidades y ocurrían en circunstancias que, como eventos ficticios, tenían sentido por completo; él mostraba el semblante de siempre. Pensé en preguntarle cómo, a pesar de lo que había ocurrido meses atrás, era posible contactarlo de esa manera; pero por el temor de hacerlo consciente de esa inconsistencia preferí no cuestionarlo.

Durante esas fantasías, en mi inconsciente continuó la felicidad: sabía que aún podía encontrarlo ahí por las noches, al descansar. Desconfiada, no les comenté esto a mis hijos, porque temía preocuparlos o privarme de una alegría que sólo podía ser mía: no sabía si también ellos lo soñaban así, de manera tan vívida. En algunas ocasiones, cuando no podía dormir, me mantenía de pie durante horas, en medio del patio, sólo para observar las luces infinitas y distantes en las que me imaginaba rondando con él, lejos de una realidad a la que no deseaba pertenecer.

La casa comenzó a tener voz y se convirtió en un ente que me aterraba. Era un lugar demasiado grande para mí, y el recuerdo de las múltiples partidas, sobre todo de la última, creaba sombras difusas que me perseguían y volvían gris el espacio para respirar. Comencé a sentir en el suelo una bruma densa subiendo, una nube plomiza en la atmósfera me expulsaba con lentitud de ese sitio hostil que había sido mi hogar. Y era aún peor cuando salía: la bruma parecía seguirme estuviera donde estuviera, invisible a miradas ajenas. Llegué a pensar en mi propia sombra convertida en un monstruo inofensivo, aunque impetuoso y acechante, vigilando cada movimiento, cada palpitación.

El miedo tuvo un nombre: *vacío*. Tal vez anulándolo se iría también el dolor: procuré tener cualquier compañía cerca, sin importar que fuera sólo un consuelo temporal, sin embargo todos terminaban por partir, ofreciendo su sitio al terror. Presa inconsciente de un deseo insoportable de liberación, buscaba huir, olvidar el tormento de la soledad. Trataba de alejarme de todos los enigmas sin percibir que la angustia vivía dentro de mí.

La ansiedad me impedía enfocar mi atención en realizar cualquier labor; disuadía mis pensamientos. Me transformé en una presencia que oscilaba entre espíritus y recuerdos remotos y engañosos, entre el desasosiego y un miedo terrible por no poder recordar los días que se sucedían sin detenerse. Refugié en el centro de mi alma un temor irracional que todo lo volvió arriesgado e incierto.

Estar en el ahora no significaba vivir en él. Estaba sin estar en un cuerpo cuyo pensamiento erraba por mundos donde la muerte no significaba desaparición y los actos realizados podían ser omitidos, en un *ahora* convertido en una selección de enmarañados eventos pasados; la objetividad se volvió un río de aguas violentas e incontenibles.

Dejé de pertenecer a un *nosotros* del cual mi propia familia me expulsó de forma instintiva: rara vez me visitaban; por teléfono las conversaciones no duraban ni dos minutos, pues lo imprescindible era sabernos vivos.

A pesar de notar mi evidente cambio de ánimo tras la muerte de Fortunato, dos años atrás hubo un hecho en específico que mis hijos señalaron como el motivo de la escisión en mi conducta: el aislamiento en el que yo misma me recluí incluso mucho antes de que ellos partieran. En esos días aciagos podía pasar horas, mañanas o tardes completas encerrada en mi habitación, me alimentaba muy poco e ignoraba a cualquiera. Poco sabían de lo que ocurría en mi soledad, poco sabían también de qué manera podían ayudarme, y prefirieron alejarse lo necesario como para olvidarlo.

Como consecuencia de la vejez, fui perdiendo gran parte de mi abundante cabellera: mi deterioro empezó a notarse, aunque sin ser alarmante. Decidí entonces separarme de aquella extensión de mi cuerpo; a los pocos días me cortaron la larga melena, de la que apenas dejaron algunos centímetros. A partir de ese momento, los cambios fueron drásticos.

Leonor, la menos ajena, decidió regresar a vivir conmigo. Cuando me escuchó decir que me habían quitado la razón con unas tijeras, entendió de inmediato que el cabello, esos centímetros que se forman y crecen durante cada segundo, se alimenta de recuerdos y vivencias y se convierte en delgadas y suaves hebras donde se conserva la memoria, cápsulas que al desprenderse o ser cortadas se llevan con ellas, egoístas, los recuerdos.

Algo fallaba: aparecieron grandes y diversas brechas negras; resultaba del todo imposible recordar acontecimientos o parentescos a los que los otros, los extraños, se referían con total naturalidad. Lo más angustiante era conversar con desconocidos que clamaban por estar conmigo y demostrarme afecto, que afirmaban ser mis hijos y nietos e ignoraban que yo no era la mujer a la cual buscaban.

Decidimos, como primera medida para retrasar el trastorno, que llevaríamos un diario con el fin de recrear los hechos significativos, pues la remembranza de los seres humanos se preserva en el papel, y le pedí a mi hija que escribiera algunos pensamientos para así crear una especie de vínculo que me conectara con mi nueva y hostil condición mental.

A los pocos días de realizar la actividad y de leer mi diario, comencé a soñar con esas letras danzando, evocando numerosas imágenes de diferentes tonalidades que, al reunirse, formaban significados y representaban elementos conocidos; creaban una felicidad que me invadía, volviéndome de nuevo real. Las palabras funcionaron para iluminar mi despedazada razón.

Sin embargo, nuestra relación se convirtió en una lucha constante en la que yo insistía en encontrar el lugar donde volver al pasado tiene cabida y se le puede visitar sin dificultad, mientras Leonor no se cansaba de repetirme a diario que el recuerdo no puede ser más que el hogar de los que ya no están... pero yo no podía evitar pensar que olvidarlos sería darles una segunda muerte, la definitiva.

La reiteración afirmaba la catástrofe cotidiana: Leonor tenía que arrullarme por las noches y cuidar de mí a cada instante. Trataba de entretenerme: me vestía con mi ropa favorita, aunque fueran dos o tres prendas. Debía ducharme, amarrar mis agujetas y recordarme dónde estaba el baño o mi habitación, dónde debía sentarme y cómo utilizar los cubiertos. Me explicó que la calle se había vuelto un sitio peligroso para salir sin compañía. Sus tareas habituales no se redujeron a aclararme por qué debía comer determinados alimentos y apagar el televisor o las luces, debía mencionar también que mis padres y hermanos habían muerto y que ya no era mi obligación ir a la escuela ni cuidar del jardín inmenso que tenía en mi hogar de la infancia, pues ahora incluso vivía en otra ciudad. Únicamente actuaba el amor que tenía por un armazón reconocible para quienes habían formado parte de su biografía.

Los papeles se habían invertido: volví a ser niña, una que ignoraba todos los horrores del mundo y se enclaustraba en su imaginación y pensamientos, perdiendo toda noción del tiempo. No obstante, todavía era yo, una mujer de comportamiento infantil y aspecto decrépito que se encorvaba en un esfuerzo por disminuir su tamaño, con cabellos muy cortos y blancos, con el rostro surcado por arrugas que revelaban su experiencia, con la mirada apagada, las manos manchadas y marchitas y el semblante exhausto; sin embargo, conservaba el corazón de quien por años cuidó de ella y sus hermanos, de quien dio su juventud a cambio de otorgar la dicha de la vida a varias personas.

Aunque varias tardes de largas negociaciones terminaron bien, en otras Leonor se vio en la necesidad de pedir ayuda a los vecinos o por teléfono; hubo días en los cuales el peso de su tarea se volvió tan extenuante que estuvo a punto de perder la paciencia. En algún momento, algo dentro de Leonor se rompió cuando la negué por completo y con tal vehemencia que hasta ella empezó a creerlo. Salí corriendo, desesperada por no poder recordar cómo abotonar mi blusón y presenciar que no podía conmigo misma. Después de varias horas de búsqueda en el automóvil, me encontró sentada en la banca de un parque, tiritando.

Las reglas de los demás ya no aplicaban para mí, me regía bajo mis propios preceptos originados en el deterioro, donde el pasado y el futuro colisionan en un presente eterno que no sabe de su tiempo. Leonor, en un esfuerzo por volver a reunir a la familia y tratar de explicar lo que me ocurría, citó a sus hermanos para tomar una decisión definitiva. Acordaron enviarme a un asilo, en el cual al parecer tendría toda la atención y los cuidados necesarios.

La mañana en que llegué a mi nuevo hogar no entendí la insistencia de tantas personas en ser amables y mucho menos la situación: me vi rodeada de varios cúmulos de ancianos devenidos chiquillos que mostraban incredulidad en sus rostros y manos temblorosas, pupilas secas y miradas ciegas que ya no reconocían formas ni texturas, sólo objetos. Un olor penetrante a orina, talco y medicina invadía todos los rincones, y una televisión anticuada atraía la atención de la mayoría, sentada en los desvencijados sillones de una sala amplia cubierta de azulejos verdes, donde la flora plástica reflejaba mayor viveza que cualquier ser.

Comprendí que yo era similar a aquellos críos achacosos y que escuchar las repetitivas y cambiantes narraciones de todos era la única forma de distraerse. La senilidad parecía contagiarse durante las noches, prosperar en esa atmósfera de olores putrefactos: las manchas y arrugas se reproducían con mayor rapidez y los dolores aumentaban a pesar del arcoíris de medicamentos que ingeríamos con frecuencia. El descuido y la sencillez lo abarcaron todo, volvieron eterna la persecución del recuerdo confuso. Había que conocernos a diario, presentarnos como alguien nuevo cada vez.

Entré en un constante disgusto por no saber, porque todo se escapaba por las rendijas de un entendimiento que ya no retenía nada, que sólo aprisionaba remedos de vivencias clavadas con ganchos obstinados en negarse a dejarlas ir.

Muy escasos fueron los días en que tuve visitas. En una ocasión, un hombre se acercó a mi cama. Aún de pie, frente a mí, pronunció mi nombre. Sólo pude mostrarle una sonrisa tenue, cortés, y con una mirada esquiva intenté encontrar ese rostro en un lugar lejano al que ya nunca podría llegar. Quizás era un enfermero bien vestido que anunciaba la hora del almuerzo o de una caminata.

El olvido se hizo presente para redimir a los culpables y otorgarme una libertad que no había pedido. Cedí a la necesidad de inventar el pasado, de modificarlo a conveniencia; a ese mal hábito de deformar la realidad con anhelos personales.

Entonces todo lo que podía hacer era huir, huir de un fuego invisible que me perseguía con insistencia para dejarme vacía en un campo desierto y abandonado, donde lo único que podía reconocer era mi cuerpo; aunque pronto también mi organismo me fue desconocido. Sabía de las amenazas acechantes; conocía a la perfección las incertidumbres que atentaban contra mi seguridad y que no distinguían entre sentimientos, pensamientos o juicios. Me convertí en mi propio contrincante y necesité encontrar algún aliado que no desapareciera...

Con determinación, Leonor finalmente decidió visitarme para comprobar si la afección sin cura era menos evidente.

# *Vindicta*

> "Un paranoico, amigo mío, es una persona
> que se ha vuelto loca de la forma más inteligente
> y mejor informada, que ve el mundo tal como es."
>
> Kurt Vonnegut, "Mire al pajarito"

Adelante. Dame unos minutos, por favor. Deja tu arma sobre la mesa, siéntate aquí y relájate; podrás hacer lo que tenías pensado dentro de poco. Nunca se lo he contado a nadie; ayer agregué un nombre. Hombres y mujeres conviven por igual en aquel bolsillo interior de mi chaqueta púrpura, esa que debo usar al salir de casa.

Desde que fui verdaderamente consciente de mi existencia, surgieron en mí tres certezas: una apremiante necesidad de terminar con mi vida si alguien más no lo hacía; intimar con mis adversarios y no con mis colegas (sin duda una obligación estratégica), y saber, gracias a una misteriosa cualidad, que dentro de cada cabeza hay un extenso libreto con diálogos que se van escribiendo conforme suceden. Espera, hay algo más que debes saber de mí: una inevitable, triste e infantil inclinación a enamorarme irremediablemente o a sentir una completa repulsión por las personas al momento de conocerlas, sin tregua alguna.

Adjudiqué lo anterior a mi adicción, por su credibilidad, a historias ficticias de suspenso basadas en situaciones indignantes y con cambios radicales en la trama, desenlaces insospechados y finales trágicos. De ellas aprendí qué tanto las miradas y el lenguaje corporal pueden transmitir mensajes o señales inconscientes de alerta que presagian lo funesto: el criminal implora ayuda tratando de impedir lo inevitable o ruega por la redención de sus próximos actos infames. La manía que sufro se configuró primero en mi imaginación como una lejana posibilidad, una esperanza para resolver cualquier conflicto implicado con mi muerte y sus involucrados. Unos años después se convirtió en una necesidad, un requisito para no permitir fugas ni evasiones de ninguna clase.

Analizar acontecimientos reales resultaba más alarmante, no porque supiera cierta alguna acción o situación, sino por la imposibilidad de huir, por ese riesgo inminente que acompaña un arma punzocortante o de fuego, o incluso la mera fuerza física: la disposición y subyugación a la ira de otro y el consiguiente desamparo.

Anticiparse a la desgracia: pensaba en los casos jamás resueltos que se hubieran evitado si las víctimas de actos atroces, siendo éstos letales o no, hubiesen llevado consigo unas tarjetas pequeñas con los nombres de sus posibles agresores, para facilitarles así el trabajo a los ejecutores de la ley. De esta forma, decenas (o centenas) de personas hubieran podido ser salvadas por el efecto de sucesión que un hecho de este tipo ocasiona.

Mi terror no pudo esperar y compré una cajita con cien tarjetas en blanco decoradas con pequeñas flores secas, preciosas. Seguro te gustarán. Con letras redondas, grandes y negras, escribí por primera vez un nombre en ellas, el del mismo sujeto que me las vendió, pues no pude olvidar su rostro de malicia cuando me atendía, la forma casual en la que tomaba mis manos o su acercamiento exagerado al hacerme comentarios sobre la calidad del papel y los precios. Casi puedo asegurar que era tan atento porque su urgencia de matar palpitaba con fuerza desde hacía semanas, cuando había atacado a su última víctima, cuyo cuerpo mantenía en refrigeración para evitar que los putrefactos olores viajaran a través del aire. Retener el nombre que aparecía en su gafete los minutos suficientes para salir de la papelería, llegar a un lugar seguro y reproducirlo sobre la tarjeta limpia no fue difícil: Gregorio Cárdenas inauguró mi grupo.

La segunda persona de la que transferí parte de su identidad a mi bolsillo fue la vecina del segundo piso, la señora adusta que negaba el saludo cuando le apetecía y de la que era difícil imaginar buenas épocas, ya que parecía haber vivido sus seis décadas de la misma manera: abrumada por la realidad y exasperada por la felicidad ajena.

La escogí por esos ojos que no dejaban de asomarse por la ventana; parecía que su existencia dependiera de ello. A través de una pequeña rendija en las cortinas, cuando algún sonido de las puertas o en las escaleras anunciaba la llegada o partida de alguien, el par de relucientes presencias minúsculas y circulares no se hacía esperar. Era la mirada fría y escrutadora de un cuerpo al que se le podía escuchar resoplar si se prestaba la atención suficiente. Si hubieras podido observarla, me darías la razón. Nunca pude evitar imaginar a un anfibio inflándose, observando transcurrir el tiempo desde una vitrina, alejando su miseria del mundo y descomponiéndose en una atmósfera oscura. Tampoco pude dejar de pensar que en algún momento, al pasar delante de la ventana o de la puerta, sacaría un brazo gordo con una mano viscosa que me atraparía para introducirme en un palacio en desgracia.

Con el pretexto de necesitar un desarmador o martillo (y así analizar sus posibles herramientas mortales), un domingo por la tarde toqué su timbre. No hubo inconveniente alguno, salvo que Delfina González era muy dulce: su sofocante olor a Heno de Pravia volvió casi insoportables los cinco minutos que estuve parada frente a su puerta, de la que apenas abrió el resquicio, espacio suficiente para poder pasar el objeto. Con una sonrisa falsa lo tomé y me marché de inmediato. El martillo era pesado, perfecto para destrozar un cráneo sin utilizar demasiada fuerza. Nunca se lo devolví.

El tercer nombre en aparecer fue el de Francisco Guerrero, uno de mis compañeros de oficina, quien se esforzaba en saber sobre mi vida y estaba muy interesado en tener una relación fuera de lo laboral. Tenía el tono de voz de quien oculta lo improbable, la voz del engaño a punto de ser descubierto o de la mentira próxima a la confesión. Su comportamiento repetitivo y sus tics nerviosos sólo lograron en mí una repulsión natural por cualquier cosa relacionada con él, y el orden excesivo en su escritorio me hablaba de un esquizofrénico en potencia esperando un brote psicótico.

Debes saber que mi desconfianza natural hacia todo y todos no disminuía con amor ni cercanía. Tras escuchar las múltiples historias de muertes misteriosas debido al envenenamiento paulatino con arsénico o cianuro en los alimentos, despertó la desconfianza hacia mi progenitora. Excusándome con una nueva dieta vegetariana, dejé de consumir lo que ella o alguna otra persona cocinaban, con el temor presente de enfermar.

También escribí el nombre de mi hermano, de quien había olvidado su participación en el primer episodio que pudo haber anunciado mi muerte precipitada y cuyo recuerdo volvió a mí gracias a nuestra madre, que mucho después me contó cómo, siendo aún muy pequeños, él intentó atacarme con un cuchillo de cocina porque le obstruía la vista al televisor. Tuve una proyección de mí a los tres años desangrándome en la estancia y de él, primero, estrujando sus pequeñas manos frente a mi cuerpo agonizante, y, después, ignorándome porque podía regresar al sofá con nuestras dos hermanas para seguir viendo *Charlie Brown y Snoopy*. No logré volver a pensar en él sin apartar esa imagen, y ahora forma parte de mis infortunadas alternativas. El deseo de exterminar por conveniencia propia a un fratricida potencial rara vez desaparece.

No todas las tarjetas están escritas con mi letra. En algunas ocasiones, al tener sospechosos con los que crucé la mirada por varios segundos (los suficientes para adivinar sus maquiavélicas intenciones), yo misma me acerqué a ellos y les pedí con mucha amabilidad que escribieran su nombre completo y, en caso de mostrarse amables, su domicilio actual. Sé que suena improbable; sólo puedo decirte que una sonrisa o sutiles insinuaciones logran mucho más que una amenaza.

Salía a diario con la indiscutible seguridad que esas tarjetas me otorgaban, con la confianza de quien sabe que nada puede suceder de forma diferente a la planeada en sus fantasías. Aunque, si yo tenía esas ideas premonitorias, no sería en absoluto disparatado que los otros también: la multitud de historias brutales de asesinatos o acciones inhumanas de las últimas décadas no son para menos.

Por supuesto que he cavilado en la posibilidad contraria y latente: que mi nombre permanezca en una o varias tarjetas ajenas, pues cada vez son más fuertes y recurrentes mis impulsos nocivos hacia los demás o contra mi persona, y no dudo que se reflejen en mi semblante. Las alturas, los carriles de alta velocidad o cualquier objeto punzocortante o afilado se convierten en probables situaciones de riesgo o armas mortíferas para el cuerpo que esté más cercano.

Con esto he llegado a una conclusión. Si no estás aquí para exterminar, serás exterminado, y cualquier ser inteligente optará por la primera opción sin titubear un segundo. Claro, hay infinidad de circunstancias que cambian cualquier detalle sin previo aviso, elijas la decisión que elijas, y necesitas contar con alguna ventaja, que en rara ocasión funcionará, pero que valdrá la pena tener disponible a pesar de la consabida derrota, a pesar de todo.

¿Has pensado en qué clase de mundo viviríamos si no existieran las opciones, si todo fuera terminante y contundente, si no tuviéramos la posibilidad de elegir? Un mundo donde la zona de confort no existiera, porque sólo habría una eterna historia lineal, sin riesgo de alteraciones. Un lugar sin perturbaciones, con una simple vida y una sola muerte; sin el peligro de alternativas incidentales, enfermedades mortales o cualquier situación incontrolable. No obstante, el nuestro es un planeta contradictorio donde la lógica muchas veces es ignorada.

No te impacientes, prometo que no tardaré, sólo necesito que sepas ciertos detalles del acontecimiento que te trajo hasta aquí y la revelación que tuve antes de agregar el último nombre. Tú eras muy joven y debía de ser esta misma hora; me encontraba de pie en una banqueta que conoces muy bien, fuera de esta ciudad. Para mantener el anonimato, algo que creí necesario, nunca viajé con documentos oficiales y usaba el nombre de una vida ajena, el de Belle Gunness.

Ese pueblo estaba dividido por los rieles del tren que atravesaba medio país. Por alguna razón que aún no logro comprender, fue el primer lugar al cual me dirigí en cuanto bajé del autobús. Desde hacía algunos minutos podía ver la lenta y constante marcha del tren, esa bestia de metal que rompía el silencio y cimbraba la tierra a su paso. Miré a mis costados. Las posibilidades se volvían infinitas en situaciones como ésa, de ahí que no pudiera notarlo: en segundos, una señora que estaba a algunos metros y que llevaba a una pequeña de la mano intentó cruzar, con la premura con que vive una madre joven, y su pie izquierdo se atascó en uno de los durmientes de los viejos rieles. La niña ya estaba del otro lado y la madre le pedía, le suplicaba, que se quedara donde estaba. Impasible, la bestia de metal siguió su camino, a pesar de los esfuerzos del conductor por pararla, y devoró, como lo había hecho ya en diversas ocasiones, al cuerpo imposibilitado, modificando el curso de su historia; el ruido de la pesada maquinaria silenció los gritos y el dolor.

Cinco segundos antes del final ocurrió un hecho significativo: aquel rostro fino, pálido, me encontró y tuve una revelación. Me había vuelto cómplice de la desgracia ajena; fueron los cinco segundos más largos que he vivido. El evento se desarrolló en una coreografía que parecía haber sido planeada y ensayada por meses sólo para que se lograra ese último acto de sincronía perfecta. Los sonidos se transformaron en una sinfonía de despedidas fugaces y gritos atroces; la consabida preocupación impersonal por los otros tuvo lugar por un breve instante. Y pude recapacitar. La envidié tanto; no tienes idea: esa muerte me pertenecía. Me despojó de ella.

La sangre que fluía implacable formó un río que avanzaba entre las piedras, buscando un sitio para contener la vida que se le escapaba. Un par de minutos después, pude ver cómo unas sucias botas negras pisaban el hermoso y frágil caudal del líquido tibio.

Al ser el único testigo adulto, dependía de mí narrar, con el mayor grado de veracidad posible, el acontecimiento. Para evadir cualquier tipo de culpa, dije que no había notado lo que sucedía hasta que fue demasiado tarde: el tren estaba a punto de impactarse contra el cuerpo. Omití describir la mirada suplicante de la mujer al percatarse de mi presencia, esos ojos tan singulares aferrados a los míos buscando una salvación imposible, absurda.

Eres la primera persona que escucha la versión real. Al menos una década nos separa de ese trágico día y aún sigo recordándolas. Quizás ella, al igual que yo, escribía nombres de sospechosos y los custodiaba en alguna de sus prendas.

Sí, conocí a tu madre; sé a qué has venido. Tu retrato hablado ha aparecido en las noticias desde hace varios días: te acusan del asesinato del conductor de ferrocarril. Incluso describieron la posible arma homicida, aunque en realidad es mucho más bella de lo que escuché. Y sólo yo comprendo que ese asesinato fue justicia, como el acto que estás a punto de cometer.

Ahora sabes cuál fue el último nombre que agregué. Lo irónico de esto es que tal vez te des a la tarea de buscarlo y llevártelo antes de que alguien más se presente. Sólo espero que utilices las pocas tarjetas que aún quedan en blanco, son una muestra de mi agradecimiento.

# Te lo has ganado

"Ésa bien podría ser la maldición de la especie humana.
No que seamos tan distintos unos de otros,
sino que seamos tan parecidos."

Salman Rushdie, *La encantadora de Florencia*

Alguna vez leí que, poco antes de expirar, pierdes el sentido del olfato. Son las tres de la tarde y ya no percibo ningún aroma. Los últimos meses he preguntado por ti y sé dónde encontrarte. Te he observado y puedo asegurar que conozco sobre tu vida más que tú. No te alejaste lo suficiente: es increíble lo rápido que, con los medios necesarios, puedes ubicar a alguien en esta inmensa ciudad. Los muros y millones de habitantes desaparecen y sólo queda un rastro; surgen las señales. Pienso incluso que desde tu partida nos unimos más: nuestros pensamientos en el otro se volvieron constantes e irascibles.

Invariablemente era yo quien aparecía en el instante y sitio menos indicados. A pesar de las dos décadas transcurridas, aún recuerdo tu pequeño cuerpo desnudo junto al de un niño mayor en las regaderas del restaurante en el lago, aquél al que solíamos ir en tus cumpleaños. No supe cómo reaccionar, el instinto de protección fue más grande que la rabia que empezaba a surgir en mis puños y sólo atiné a jalarte por el brazo y ponerte mi playera. Fui yo quien te recogió del colegio la vez que te expulsaron por besar a un compañero a la mitad del patio, durante el receso, y de la casa donde una pijamada terminó en gritos de histeria y llanto. Tu madre parecía no darle la menor importancia.

Ahora, incluso en la penumbra y con mi menguada vista, reconozco tus rasgos delicados y hermosos, esa herencia que más que una gracia es una maldición. La ostentas audaz, con orgullo, sin importar si este mundo no la comprende.

Me asombra tu infinita paciencia. Ninguno ha pronunciado palabra, mas obedeciste con premura a la única señal de mi brazo, que indicó el lugar exacto donde debías buscar. En la pequeña mesa de noche, junto a la jeringuilla, la cuchara y la liga, hay seis billetes (bajo los cuales encontrarás mi carta en un sobre marcado con tu nombre real) y una botella de Glenlivet 12 entre dos vasos *highball* y un recipiente con hielo. Sólo tomaste lo necesario para alimentar tu torrente sanguíneo. Desde que empezaste te has prohibido, precepto inalterable, beber mientras laboras.

Te conozco mejor que nadie: sin maquillaje, con las cejas sin depilar y la ligera pelusa crecida arriba del labio y en la barbilla; con vello en las axilas, en las piernas y en tu sexo expuesto; sin esa ropa provocativa que usas sólo de noche. Llevas varias horas en esta habitación en penumbra y no has mostrado necesidad de encender la luz ni de querer salir. Este tipo de sitios se ha convertido en lo más cercano a un hogar para ti, y me ha permitido deshacerme de mi identidad por algún periodo, tan breve o largo como se requiera.

Has sido amable. Te inyectaste la bondadosa cantidad de heroína que dejé preparada para ti y no pediste nada más; te sentaste en el sillón del rincón más alejado y has permanecido ahí. La única luz que entra a través de las persianas entornadas es el resplandor de los faroles de la calle. Me pongo de pie, voy hacia la barra y me sirvo un whisky seco. Regreso a mi lugar y al pasarlo por debajo de mi nariz recuerdo el presagio fatal; al primer trago me sorprende no reconocer ningún sabor en absoluto. Mi único placer carece ahora de sentido. No me extrañaría perder la vista y el oído, incluso que mis piernas se nieguen a andar. Tal vez ésos son los siguientes síntomas, o quizá el final llegará de golpe, mucho más rápido que un ataque al corazón o una embolia cerebral. Dependerá de la generosidad de mi muerte.

Te levantas con lentitud. Previendo lo que debo solicitar, empiezas a desnudarte. No tardo más de tres segundos en pedirte que pares con un gesto ahora acompañado de un monosílabo negativo, bajo la esperanza de no ser descubierto en el acto, aunque creo que has escuchado tantas voces roncas y profundas que tal vez no reconozcas la mía. Y, si estoy equivocado, al menos finges muy bien tu sorpresa. Te encojes de hombros y vas por el otro vaso, en el que sirves una bondadosa cantidad del líquido de la botella. Vuelves y te sientas en el piso, mirando a través de la ventana la noche que fluye, incesante, por doquier. Aquí adentro, la quietud y el silencio nos invaden. Padezco la inmovilidad de quien ya sólo puede esperar.

La perversidad no llega con un pensamiento ni con un acto, lo hace con la duda, al desconfiar de las razones, al perder el objetivo verdadero de la acción: mi hija fue malvada hasta que te dejó atrás. Te soltó la mano en el preciso instante en que saltaría contigo. Dudó. Cuando llegué al psiquiátrico temí lo peor, te creí delirante para siempre. A pesar de que sólo asentías o negabas con la cabeza, para los médicos era señal suficiente de cordura y prefirieron que te sacara de ahí antes de que presentaras otros síntomas.

Tras no compartir el mismo hogar y habernos acostumbrado a preguntas que, más allá de cuestionar, acusan, regresaste una noche con las esperanzas perdidas. Llorando, me confesaste que recordabas por completo la escena. Te recriminabas no haberla sujetado mejor; retenerla no para salvarla, sino para saltar al mismo tiempo. Sólo esa vez supe de tu dolor, de esa pena que escondías tan bien al intentar ignorarla. Por un acuerdo mutuo y tácito, nos distanciamos cada vez más. No toleraba ver en tu rostro el suyo encarnado, y una sentencia tormentosa se destinó a moldear tu ser a su semejanza. Tú, en cambio, no querías que viera en ti lo que había en realidad, la descendencia única e inusual de un anciano senil. Jamás aceptaste mi aprobación genuina, el valor de tu existencia a mis ojos.

Quizá no lo sepas: durante generaciones, las mujeres de nuestra familia han desaparecido y los hombres, perdido la razón. Ignoro cuál es tu destino. No puedo, no quiero suponer que sea tan fácil escapar. Y tampoco debo partir solo. Somos los hijos de una estirpe agonizante, empeñada en sobrevivir; heredamos rasgos, trastornos y una angustia tan persistente como peligrosa. Mi propósito es que recuerdes, a pesar de tu renuncia, que la sangre inmortaliza los horrores a través de los años, que llevamos a cuestas los fantasmas de nuestros predecesores.

Pagué por la noche completa. Nunca mencionamos una hora precisa, pero confío en la voz que me aseguró que no te marcharías antes del amanecer. No te enterarás de lo sucedido, no verás el vómito que quizás escurra por mi pecho, aún fresco; ni mis ojos entreabiertos ni las pupilas dilatadas. No percibirás ningún olor particular porque no prestas atención a esas nimiedades, y has aprendido que en tu oficio es mucho mejor así. Sólo recuerda: percibir los aromas es señal de que continuarás en este mundo que no ha sido creado para nosotros.

De nuevo saldrás a evadir el rechazo ahí, donde a nadie le importan las golpizas llevadas a rastras ni las blasfemias que has soportado. Saldrás a donde las alimañas esperan algún descuido para aprovecharse, a donde cualquier mínima oportunidad se convierte en un augurio de riqueza momentánea para unos y de ruina eterna para otros.

Al igual que cada día de tu existencia, verán el desdén en tu semblante y las ofensas crecerán en tu camino y resbalarán hacia la alcantarilla. Pasarás por donde los vocablos transformados en dagas ansiosas por herir tu orgullo son los mismos que dañan a quienes los arrojan por no atreverse a aceptar la belleza en ti y, sí, que incluso te desean.

La realidad te duele y mella tu vanidad, mas nunca lo suficiente para darles el placer de renunciar. Aunque la sangre tenga el peso que tiene, saldrás, Léolo, a enfrentar la locura que has logrado burlar hasta ahora. No me sorprendería que fueras el primero en escapar. Te lo has ganado.

# La esencia de la melancolía

A Martha Ancira †

"El recuerdo de los muertos nunca acaba realmente."

W. G. Sebald, *Campo Santo*

No la sorprendieron ni el lamentable mensaje ni el timbre del teléfono. Sabía que sucedería, lo ansiaba con cada pensamiento desde hacía días. No le produjo satisfacción alguna, sino un dolor punzante y profundo que después reconocería interminable; el desasosiego de la culpa.

Antes de dirigirse al crematorio, apreciarla durante horas dentro de un ataúd provocó no sólo su deseo, sino también su determinación a verla reencarnada en la simplicidad y belleza de un ave de apenas dieciocho gramos: el petirrojo. Después de tomar esa decisión, el primero que observó se desplomó en pleno vuelo debido al humo de la incineración.

Se prohibió pensar lo inadmisible: que las escasas cenizas contenían toda la materia de ese ser; su risa y su aliento fundidos con el resto de su cuerpo tras soportar ochocientos grados centígrados durante algunas horas. Aquello era absurdo: saberla imposible para siempre.

Supuso que su alma reencarnaría en otra frágil ave de pecho rojo, por lo que decidió que ninguno de esos volátiles podría tener una existencia prolongada. Pisotones, rocas, pistolas de balines o predadores felinos estarían de su lado, la ayudarían con su misión. Las posibilidades para exterminarlos se sucedían mientras imaginaba seres de frenéticos movimientos, tan agitados como sus terribles y necesarios pensamientos; los eliminaría a todos hasta forzarla a renacer en otro cuerpo humano, y nunca dejaría de buscarla en los semblantes ajenos ni en su propio reflejo.

Lo dejó todo para encontrarla; incluso planeó su propia desaparición a través de profundas e infinitas aguas. Su lastre no serían rocas, sino su único hijo, al que segundos antes de la premeditada desgracia lograron salvar, pues una alerta silenciosa había conseguido preocupar a un hombre que lo sujetó en el segundo exacto.

Sólo tuvo que dejarse llevar manteniéndose a flote, imitando el mutismo y la quietud propios de la muerte, justo como su padre le había enseñado en la infancia. Interpretó tan bien su papel que, cuando volvió en sí, estaba recostada en una habitación limpia y modesta. Sin embargo, aunque las emociones volvieron a su memoria, las personas, los días y los meses perdieron sus nombres; los años, sus cifras.

Pasaba los atardeceres y las noches en la pequeña banca de piedra de un camellón que daba a la plaza principal, con una mano dentro de un bolso raído. Se convirtió en un ser de necias repeticiones, en poco menos que un fatigado uróboros. Su interminable búsqueda era la única acción viable.

No se equivocó: la luz escasa en aquel sitio fue perfecta para encontrarla. El parecido, la semejanza que las avergonzó durante su juventud, era innegable. De inmediato reconoció su peculiar olor, a pesar de que había transcurrido más de una década. Era evidente: los ojos y labios, la nariz, incluso el color y la forma del cabello. Era ella, su hermana, aunque había alimentado tanto la incertidumbre y el mutismo que le costó el mismo esfuerzo descomunal no dudar de lo sucedido que proferir vocablo alguno. Presenció cómo ella continuaba su camino y se perdía entre los abismos de las sombras que la engullían sin prisa.

Otra noche reconoció de nuevo los pasos cortos y rápidos a unos metros de distancia; esa vez pudo escuchar su voz intercalada con una mucho más grave, ambas ininteligibles. Sabía que cualquier intento por crear de nuevo algún vínculo rompería aquella inevitable tensión de invisible cristal. Le resultaba imposible creer que al fin la había encontrado, consciente de la desgracia próxima. No existían ya las opciones, más aún: no quería crear ninguna.

Con la mano dentro del bolso, esperó a que la pareja avanzara un poco más para seguirla. Su respiración acelerada traicionó su anonimato unas cuadras adelante; los dos rostros perseguidos la miraron, y notó que algo había cambiado. No la reconoció más; al instante la sintió etérea, un capricho. Sus facciones eran por completo diferentes a las de sus recuerdos e incluso volvieron a transformarse cuando se dispuso a sacar la mano que sostenía con fuerza el objeto celosamente guardado.

La aterró más saberse tan tenaz al acechar la sombra de una desconocida, crear adversarios en figuras imposibles y ser objeto de maldiciones, que estar dispuesta a cerciorarse de si la reliquia en su palma sería funcional o no. La horrorizó ser consciente de lo que era capaz de imaginar. En segundos, el contacto con aquel objeto le resultó gélido; ése era el frío que la había consumido la última vez que tocó aquel rostro, antes de que el cuerpo desapareciera por completo al ser engullido por el horno que redujo y transmutó a una mujer en polvo y denso humo.

Al notar que los segundos que tardó en volver en sí fueron aprovechados por la pareja para huir, introdujo la pieza de nuevo en su bolso. Regresó con lentitud a su habitación. Sentada en la pequeña cama, tocó una y otra vez los contados vestigios que aún conservaba de ella: dos anillos de plata y un dije de piedra verde, amuletos a los que se aferraba pensando que eran los últimos fragmentos de aquel cuerpo consumido, lazos palpables para prolongar sus confusos recuerdos.

No logró evitar pensar en la posibilidad de que su hermana había regresado en un ser con características desconocidas, en una figura irreconocible y perdida. Todo sobre aquel espíritu se convirtió en una suposición, y tambіén podría ser que, así como ella misma no había cesado de buscarla, su hermana no dejaba de huir, de escabullirse entre cuerpos y latitudes infinitos o que incluso rondaba a su lado, pasando desapercibida, sólo para cerciorarse de que no había sufrido una segunda muerte, la de la indiferencia.

Esa noche no hubo más que siluetas difusas. Pronto ninguna luz la iluminaría. Se convertiría en parte de la oscuridad conforme ésta se hiciera más intensa; se fundiría en el silencio y desaparecería en la ausencia para observar desde el dolor. Su propia naturaleza la había aislado, y su temor constante a percibir luces y sombras sin detalles, a ignorar lo sublime y sufrir días turbios, no había hecho más que intensificarse.

Algo se rompió. Detestó aceptar que había olvidado su voz; aunque su rostro, jamás. Si hubiera tenido que anticipar una razón para sus actos, la única justificación habría sido que aquélla era una tragedia de melodías imposibles de ignorar; una narración de cosas terribles en un lenguaje desconocido; un cuerpo que no podía ser recordado, que había aprendido a disiparse y lo había hecho a la perfección. Este incesante dolor por la pérdida la había transformado y la consumía; era un sufrimiento traducido en la advertencia de que morir aún era una posibilidad.

Imaginó un espejo y apuntó de nuevo al rostro que la confrontó. Ignoró si el objeto podía llegar tan profundo como era necesario; giró el abrecartas con lentitud para señalar con él uno de sus ojos y acercarlo con pulso firme. Sabía que era la única forma de volver a encontrarla, debía tomar el camino por el que ella había partido.

Desconoció desde cuándo había estado encerrada ahí. La única ventana estaba tapiada. Desde su húmedo lecho escuchó, mezclado con tímidos zumbidos, un sonido seco que pronto se convirtió en un estruendo: alguien había entrado a la casa y la cerradura más próxima estaba siendo forzada. No pudo gritar, mucho menos moverse. Lo último que logró hacer fue rezar, a cualquier deidad dispuesta a escucharla, para que sus despojos corrieran con la suerte anhelada y, al volverse humo, consiguiera fusionarse con las millones de almas destinadas a rondar en el aire de los abrumados mortales que no cesan de buscar.

# El don del engaño

"La lógica indicaba que podían (y debían) complementarse.
Pero la vida no siempre obedecía a la lógica, y el resultado
de la complementación fue una obra infinitamente
postergada y un hechizo general de espera."

César Aira, *Parménides*

Estoy tocando los minúsculos bordes de las letras con la forma de tu nombre, grabadas en el proyectil que me regalaste, idéntico al que tú conservas; con ellos planeamos partir de este mundo ya hace varios años. Miro el portón de tu casa; mi iPod está en *shuffle* y "All We Ever Wanted Was Everything" es la canción en turno.

Me gusta pensar con enfurecida tristeza que aún recuerdas todas las fechas; que celebras en silencio y durante segundos, aunque sea con un estremecimiento, nuestros aniversarios, y que todavía hay nimiedades que te remiten a cuando fuimos presente.

En esa época ya tenía cierta idea de la vida. Te apareciste de manera impersonal, a través de una imagen en la pantalla. Te convertiste en un personaje, en apariencia inofensivo, que se apropió de una letra del abecedario y de mi adolescencia.

Reunías un acervo cultural que me era por completo desconocido: de ahí surgió la seducción. Te transformaste en una divinidad, tu ser era una figura de adoración; fotos de revelado tradicional y algunos objetos fascinantes que llegaron por el servicio postal dieron por terminado el rito, y los adoré por el simple hecho de haberte pertenecido y haber estado en contacto con tus manos y propósitos.

Nuestra relación transcurría entre conversaciones nocturnas —que se alargaban durante horas a causa de nuestra predilección por las letras por encima del sueño—, escasas llamadas telefónicas y nulas visitas. Intercambiamos multitud de correos electrónicos que reflejaban nuestra verdadera esencia, y donde podíamos explayarnos sin el menor temor. De todo aquello no se puede hablar como de un intercambio, sino más bien de un aprendizaje unilateral: te erigiste cual mentor excepcional que me enaltecía al grado de deidad y que creaba altares invisibles para mi veneración, obteniendo lo mismo a cambio. Tu verdadera búsqueda era la idolatría; eras un dios sin súbditos y en decadencia.

Creamos una relación formada de suposiciones y conjeturas, de carencias buscando ser satisfechas. Compartíamos una atracción por la muerte; teníamos fijaciones similares y gusto por lo trágico. Tuvieron que transcurrir meses para descubrir con desencanto que eso no significaba amor, ni siquiera por la figura del otro: la sensación más común y errónea es confundir la admiración con el afecto.

Nuestro vínculo estaba ilustrado por fotografías de ángulos favorables, con la exposición adecuada y la iluminación precisa. La relación tenía una naturaleza sexual oculta, por poco inexistente: la negación de lo humano, de lo temporal del placer. Eras alguien con quien compartir el intelecto mas no el erotismo, y eso transformó nuestro idilio en algo auténtico y frágil.

Te volviste una existencia etérea a la que adjudiqué diversos cuerpos, manos, labios y miembros en los que buscaba con insistencia y desesperación, consciente de que éstos eran pésimos actores tratando de representar lo magnífico.

Cientos de kilómetros nos separaban. Sí, podíamos acortar las distancias; las horas que nos apartaban, verse reducidas; sin embargo, me sabía incapaz de abordar cualquier vehículo para ver un rostro y no una imagen, para rozar unos dedos y no el teclado. Esa brecha resultaba imprescindible; sin ella aparecía el miedo: los dos, juntos, nos sabíamos destinados al fracaso.

Lo inevitable sucedió, decidiste empezar un incendio por el placer de la incógnita; por el gusto de destrozar la felicidad; por deshacerte de la incómoda certeza y poder vivir en el enigma, en la indignación total. Ansiabas ver a la bestia cuando apenas se formaba el esqueleto.

Estarías de viaje en mi ciudad. Por diversas cuestiones, que no quedaron claras, nos veríamos en una o dos ocasiones, y aun así parecía suficiente. La cita acordada llegó y la urbe no estaba de nuestro lado: ruido, polución y el ajetreo de extraños complementaron el escenario. Despedías un olor demasiado humano. Ocultamos cualquier signo de decepción y nos sentimos obligados a interactuar.

Tras esa tarde, la ansiedad me obligó a salir de casa y buscarte entre calles desconocidas y alejadas, a llegar a la planta baja del edificio donde supuestamente no estabas. Después supe que, mientras preguntaba por ti, algunos pisos arriba compartías tu habitación.

Por alguna casualidad fatídica y necesaria, me encontré con ella en el departamento de un amigo en común. Era una joven con una fisonomía muy parecida a la mía. Supimos al instante de nuestro vínculo por las coincidencias de tu nombre y de las fechas. Y no éramos nada más nosotras, conocimos a otras e incluso a un adolescente. Tenías, a modo de asesino en serie, preferencias físicas específicas.

Descubrimos la táctica en apariencia inofensiva aunque dolorosa, tu juego de damas a ciegas; nos hiciste confrontar la realidad sin dejar de lado el ego, la comparación de la belleza. Al menos apreciamos tu buen gusto. No eras tan inocente ni tan despiadado. Te venerábamos con suma devoción: en tu instinto se reflejaba el nuestro.

Ninguna sintió odio ni rabia, al menos no cuando desvelamos tu plan. Teníamos pistas para resolver el acertijo; nos sabíamos necesarias por la exigencia repentina de compartir un solo altar y fuego, una sola adoración; la rivalidad y aversión tardarían en aparecer.

Dormimos juntas en dos ocasiones; la primera en mi habitación. Busqué el placer como aprendí a besar, en complicidad con el mismo sexo. Al día siguiente nos vestimos con mis prendas y nos arreglamos de manera idéntica para verte: pequeñas faldas negras, blusas oscuras, medias de red y botas; maquillaje cargado y el cabello negro y lacio abajo del hombro. Nos convertimos en tus efigies maleables.

La confrontación no fue tal: lo habías planeado. Aceptamos ser parte de un juego filial entre dos concubinas infantiles: madre e hija y un cónyuge. Funcionó una vez; más tarde la envidia y el recelo fueron inevitables.

*Hipocresía.* Nunca esa palabra tuvo un significado tan profundo para mí. Nuestra hija buscaba sacarme de la triada; lo supe porque tú me lo dijiste. Algo parecido al odio empezó a germinar en mi pecho, un sentimiento que permaneció oculto y presente.

Nuestro segundo encuentro privado llegó, una noche de desesperación, bisturí sobre la piel e intoxicación con vodka: afrontar la muerte y el abandono con inconsciencia. Yo no soportaba la reciente pérdida de mi padre y tú te declaraste incapaz de sobreponerte al abandono de tu madre, tras un intento de filicidio y su posterior ausencia perpetua. Noche de visión afectada, accidentada y eterna, de cicatrices visibles. Buscar a la muerte sin querer encontrarla; *pretender* morir, sólo eso. Lágrimas, palabras inaudibles. La situación era tan irreal, tan distante. Atendiste a la escena como un mero espectador que proveyó lo necesario para la catarsis premeditada.

Tras entregarlo todo, por poco que fuera, quedó la vulnerabilidad del cuerpo expuesta. La apatía, el arrepentimiento, la desilusión. Nos resignamos a perdernos sin siquiera habernos tenido por completo. Durante horribles minutos repasé cada movimiento, cada textura, cada olor, cada detalle, la piel y sus marcas exhibidas. Nuestras figuras se unieron para tratar de encontrar respuestas, aunque con ese acto aumentaron las inseguridades, añadidas a nuestros miedos y fracasos.

*Huir*: tu placer siempre residió en escapar del deseo cuando se vuelve tangible. Te marchaste y quedé aterida, imposibilitada. Confundí el dolor con el frío de febrero que me nubló el pensamiento y que, a pesar de exponerme a los tenues rayos del sol, parecía abarcar cada palmo, no dar tregua ni un segundo.

Con la perspectiva racional que otorga la experiencia, acepté y adopté tu actitud frente a la pasión: disfruto herir. A pesar de la zozobra posterior, aquellos amoríos parecen perseguirme y desafiarme.

Esa corta pero impetuosa etapa compartida nos orilló a ciertos límites de indefensión, a separaciones y evasiones. No tuvimos un enfrentamiento realista, visceral.

Lo siguiente fue coincidir de manera inesperada cuando jugábamos a ser *swingers*, y el resultado, una vez más, nefasto. Hicimos partícipes, sin necesidad, a otras personas en nuestra historia; en mi mente nada se había fracturado, tu recuerdo continuaba avanzando junto a mí. Desde el inicio hemos sido una pobre posibilidad que se empeña en no desvanecerse.

Con el nuevo desencanto, rompí tus fotografías, pues me invadían resentimientos, dudas: "¿Por qué no fui yo?" necesitaba eliminar cualquier rastro tuyo en mí, encontrar un rito que nos separara por completo. Las seccioné, las reuní en un bote de aluminio y las mojé con alcohol; debía asegurarme de que el material estuviera a punto de la desaparición. Al ver las llamas arder y consumir los químicos y el papel, supe que todo era una farsa para negarte. Era consciente de lo imposible del escape pero lo planeé; imaginé lo absurdo porque sólo ahí tiene cabida la felicidad.

No supimos de nosotros. Alguna red social volvió a vincularnos; me enviaste una colección de correos electrónicos nuestros que guardaste durante años y me contaste el plan obsceno, la promesa, con tu pareja actual, del ácido sobre mi rostro. Le di la bienvenida a un miedo persistente que jamás se alejaría, al terror de un encuentro inesperado con un frasco de contenido corrosivo.

Usaste palabras viciadas y frases hechas, el cuerpo y la voz que tantas personas conocen ya y a quienes se los has regalado por periodos diferentes. Me convertiste en una serena cómplice al darme detalles sobre las mujeres en tu expediente, ignorando por completo que sólo incitabas mi paciente venganza.

Me enteré de que llevabas meses viviendo con alguien y que el domingo, cuando marqué tu número a las 23:55, tras varios minutos de pensar en ti, acostada y semidesnuda mientras oía "Cold in the State of Me", ustedes estaban en un discreto motel tratando de suplir una ligera resaca con sexo: escuchabas sus gemidos con los ojos cerrados y fantaseabas, como era nuestra costumbre, con que le pertenecían a otro cuerpo.

Entiendo por qué fui parte de esto: el engaño es esencial para mí. Tienes la gracia de la inventiva, el talento de la mentira; tu falsedad era perfecta. Ahora existen diversas versiones tuyas distorsionadas por el resentimiento, el rencor o el cariño.

Sé que vives fragmentado en otras personas y que algunas tienen partes de ti que únicamente compartirás con ellas, que incluso tu comportamiento se altera con un simple cambio de hora o lugar. No, yo tampoco he cambiado; aún soy una maldición con el poder de destruirte. Soy un prisma fraccionado, que no se unirá de nuevo, con la conciencia de haber pertenecido a un único reflejo.

No queda nada falso en nosotros, sólo oculto. Somos capaces de crear magníficos infiernos. Tal vez ésa es nuestra única cualidad, y debemos abrazarla.

Mi vida se redujo a una espera constante; he forjado un perdón que quizá no te interese tener. Necesito que sepas que conservo el amuleto grabado con tu nombre y que cada tanto vuelvo a mirarlo y tocarlo justo como hace unos minutos. Si no me he movido de aquí es porque aguardo por ti: nuestro pacto sigue en pie. Permaneces encumbrado y en mis plegarias a pesar de ti mismo, a pesar de todo. Este monólogo continuará transformándose una infinidad de veces y no lo escucharás ni una sola.

Por fin apareces. Antes de que logres abrir el portón, marco tu celular confiando en mi única oportunidad y no tardas en responder. Lo último que escuchas es mi voz ordenándote no moverte.

# Satélites



> "A ti, la dama. La audaz melancolía..."
>
> Jean-Claude Lauzon, *Léolo*

**H**a pasado una semana desde nuestro último viaje anual. Nosotros también vamos a la playa, aunque cuando nadie más lo hace. Papá siempre ha dicho que las vacaciones se disfrutan mejor así, únicamente con nuestra compañía, y nos tiene prohibido hablar entre nosotros. En algún punto dejé de pedir explicaciones; ahora las deduzco, aunque sólo sean coherentes para mí. Darle sentido a la realidad tal como la conozco es suficiente, sin importar cuántas veces ha sido rescatada ni de dónde o por quién.

Cada vez que regresamos, encuentro un nuevo astro en alguna de las constelaciones que identifico tan bien; me obligo a transformar la aflicción en un nuevo resplandor eterno, igual de desolado y distante.

Mis padres me mostraron, desde pequeño, la necesidad egoísta de adueñarse y controlar la existencia hasta del más ínfimo ser vivo. Pero olvidaron lo esencial: no es suficiente con poseerla, hay que conservarla. Y esto lo entendí porque éramos los únicos que cambiaban de mascota cada año. Es un acontecimiento ligado a nuestros viajes desde que tengo memoria, pues siempre llevamos al perro en turno. No supe, sino hasta mucho después, por qué regresábamos con una cadena inútil y un collar vacío.

Papá es alguien que se define a sí mismo como "aferrado a su pasado". Esas palabras tienen un significado que nunca entenderé por completo. Esperó a que mi hermano y yo cumpliéramos diez y nueve años para platicar de su singular costumbre con nosotros; quería explicarnos a detalle una de sus principales responsabilidades.

Nos contó que su mundo cambió por completo algún jueves de un remoto noviembre, cuando el satélite Sputnik II fue puesto en órbita. La noticia se divulgó ampliamente. La particularidad del satélite era que llevaba a bordo a Laika, una perra mestiza de tres años. A las cinco horas del despegue, dejó de ladrar y emitir signos vitales. Se especuló que su muerte fue ocasionada por falta de oxígeno o eutanasia. La nave rusa se desintegró en cuanto llegó a la atmósfera terrestre, luego de cuatro meses de haber despegado. Papá fue testigo del viaje sin retorno y sólo imaginó su desaparición en la adversa inmensidad.

Desde la confesión, ésa se convirtió en nuestra historia para dormir; en las siguientes noches ya no hubo cuentos, mentiras, ficción ni monstruos en el armario o debajo de la cama. Le profesaba a ese fantasma un amor tal que parecía que se la habían arrebatado de sus propios brazos para nunca devolverla, como si hubiera sido un acto premeditado y lleno de saña con la única finalidad de destrozarle la vida. Le extirparon una parte del corazón y otra de cordura. Ahora comprendo que su trastorno se propaga a todo lo que entra en contacto con él.

Nos ha contado infinidad de veces cómo, luego de esa profunda y remota pérdida, tomó al perro de la familia y se dirigió al único lugar ilimitado al que podía llegar: el océano. Rentó una embarcación pequeña y aguardó a que anocheciera, pues debía recrear el ambiente lo mejor posible.

Cerca de la medianoche, remó hasta agotar sus fuerzas y después lanzó al perro al agua; se alejó a toda prisa, tras gritarle que buscara a Laika. A pesar de la semioscuridad y de su terror por el negro líquido, el papel del can como Caronte fue impecable. Ese enviado era un destello, una mínima esperanza de redención.

En cada aniversario de la astronauta ha repetido la misma ceremonia con exactitud, sumándonos como cómplices y testigos mudos. Se ha dedicado a adoptar perros callejeros sin importar su sexo o edad, los alimenta y cuida durante un año entero, y cada 3 de noviembre realizamos el viaje de liberación en el que los perros se convierten en emisarios. Por nuestro voto de silencio en esas travesías, he comprendido que el mejor compañero de la nostalgia es el mutismo.

Papá conoció después a mamá, quien comprendió sus motivos y contribuyó a la causa. El rito se sofisticó un poco: compraban pequeñas balsas de madera, colocaban al perro en ellas y le dejaban comida para algunos días.

A los tres años llegó mi hermano, y dos más tarde aparecí yo. Formamos un grupo de rescate, menguado hace unos días y que hasta el momento no ha logrado recuperar nada, pero que cada año regala meses de afecto y felicidad. Y eso, por lo pronto, es suficiente.

A pesar de no conservarlos, la relación que tiene papá con ellos demuestra algo más que un simple interés por disponer de su presencia para su beneficio personal: descubre sus gustos y les brinda comodidades y la felicidad que quizá jamás encontrarían. Conversa con ellos, e incluso lo escuché decirle a uno en particular que al mirar sus ojos hallaba la simpatía y el cariño que nunca encontró de forma tan sincera en ningún ser humano, incluida su esposa, con quien tenía ensayado un juego mordaz de miradas furtivas acompañadas de frases condescendientes.

El peso de las vidas tomadas es cada vez más opresivo. Ninguno ha regresado nunca, ni solo ni acompañado. Ninguno ha encontrado a Laika. Hemos pensado que, al ver en blanco y negro, no logran distinguirla entre los otros viajeros, o quizá perciben a todos como entes, como manchas idénticas que les demuestran afecto o aversión, que los atemorizan o reconfortan. Su única opción sería huir, cerrar los ojos hasta que las espantosas visiones desaparezcan. Aunque es difícil escapar cuando el propio abismo decide la velocidad de la fuga y puede ser tan insolente que no los transporte ni un metro durante horas, y eso es más abrumador que la eternidad, que el amenazante líquido.

Papá confía en la seguridad de la nada, en una unión que no se puede romper porque no existe. Ve en ellos el agradecimiento, el cariño que puede surgir de una repentina y arriesgada amistad de la que sólo una parte saldrá a salvo.

Las hembras son su debilidad y hubo una en específico, con las patas traseras paralizadas, que lo mantenía fascinado durante horas. Ella se arrastraba con lentitud en círculos por el jardín posterior, y solían compartir bocadillos por turnos. Al llegar la fecha acordada, lo miró alejarse con resignación desde su ridículo y perverso navío, como si supiera que eso era todo y que el mundo humano le había ofrecido demasiado. No ladró ni aulló, como la mayoría. Simplemente se recostó y bajó la cabeza.

He comprendido que un perro obedece siempre ignorando los riesgos. Su misión es servir a su dueño, por más infame que éste sea, y es noble y cariñoso porque es la única forma de mantener un equilibrio entre ambos mundos. No juzgan, no aconsejan, mucho menos tratan de comprender. Escuchan y miran; ofrecen su presencia muda como generosa ofrenda.

Mamá me enseñó a dejarlos ir junto con todo el amor que les pudiera tener, a no retener sentimientos, a vaciarme y volver a llenarlo todo con la llegada de un nuevo rostro y nuevas experiencias. Papá, por su parte, siempre ha señalado que ninguna fase del rito debe ser de sufrimiento, pues es sólo una evasión, por decisión propia, de lo inevitable; así elude el enfrentamiento de una situación no planeada y que resultaría muy dolorosa. Nos anticipamos al desconsuelo.

Sólo una vez vi a papá quebrarse, perder el temple y la fortaleza. Cuando volvimos de ese viaje, lo espié. El suyo era un llanto tímido, profundo, que estremecía su existencia colosal y que mostraba un dolor que lo opacaba por completo. Fui el único testigo de esa derrota que duró unos minutos, los suficientes para que él recobrara su brío habitual. En ese instante comprendí otra parte del absurdo enigma que lo conformaba.

Hace siete días el equipo se dividió por primera vez. Mamá se rehusó a ir con nosotros y le prohibió a mi hermano acompañarnos. Papá me aseguró que estaban muy atareados con sus labores y nos marchamos. Decidimos acortar la excursión, y a los dos días regresamos a casa al anochecer. No había un alma. El auto de mamá no estaba en la cochera, pero sus pertenencias se hallaban donde siempre: abundante ropa colgada en el armario, collares y perfumes en el tocador y la argolla de matrimonio en la jabonera del lavabo. En la habitación que yo compartía con mi hermano las cosas estaban intactas. Papá realizó un par de llamadas y me pidió que esperáramos. Su ser entero reflejaba una angustia mal disimulada.

El teléfono sonó al día siguiente, a las cinco de la mañana; los encontraron. El auto de mamá estaba orillado en una carretera cercana. Papá fue a reconocer los cuerpos.

Las autopsias fueron terminantes: intoxicación intencional con raticida anticoagulante. Debido al estado en que hallaron los cadáveres, decidió que los incineraran enseguida.

Él asegura que no tardaremos en tener compañía. Ha empezado a vestirse con algunas prendas holgadas, usa unos tacones viejos, se peina y maquilla con mucho cuidado y usa joyas. Se ha convertido en una grotesca copia que logra aliviar el vacío.

Ha planeado cada detalle de la nueva misión: será la primera con dos emisarios. En caso de que no volvamos en el tiempo estimado, tenemos una última oportunidad: él.

Y, si todo falla, al menos ya estaremos todos reunidos. Quizá ninguno ha regresado porque es mucho mejor aquel lado, esa otra realidad.

Sé de casos en los que las mascotas, tras las muertes accidentales de sus dueños y varios días sin alimento, devoran los rostros y partes del cuerpo que no están cubiertas por ropa. Mi futura única compañía es capaz de darme un fin similar.

Ahora debemos cenar. Mis padres en un mismo cuerpo entran en la sala con dos bandejas de comida, y con una misma mano encienden el televisor.

Sólo abre la boca para decirme que ha cambiado de parecer: él no será la última opción, me dejará su lugar porque necesita que alguien continúe mandando emisarios para traerlo de vuelta junto con todos los anteriores, para perpetuar la búsqueda.

Es la primera vez que advierto en el tono de su voz la conciencia de quien percibe lo inútil de su cometido. Hasta ahora comprende lo absurdo de su anhelo y lo imposible del retorno.

# La edad de oro

"La única diferencia entre un capricho y una pasión eterna es que el capricho suele durar algo más."

Oscar Wilde, *El retrato de Dorian Gray*

Algunos mensajes a su teléfono celular bastaron para lograr la intimidad necesaria. Por alguna razón, se sintió obligada a ser honesta con esa persona anónima y decidida, con ese hombre que escribía las palabras con exactitud para un diálogo preciso. Él, que había surgido de la nada, sabía detalles que sólo puede conocer quien mira con atención y constancia, y ese misterio fue el que la orilló a asociarlo con una figura a la que deseaba tener cerca. Al quinto día concretaron el encuentro.

Pactaron verse al terminar las clases del jueves en un lugar cercano al colegio, exactamente donde él se estacionaba los lunes por la tarde para observarla durante unos minutos. Ése era el único sitio en el que encontraba tranquilidad desde la última vez que había visto a su padre, quien se había convertido en un náufrago tras la pérdida espontánea de su esposa y su primer hijo algunos años atrás. A pesar de haber sepultado el dolor con el paso de los días, existían aún detalles femeninos de su madre que se negaban a desaparecer y que esperaba encontrar en esa criatura.

Llegado el momento y después de un saludo, él la llevó por algunas calles intrincadas hasta un automóvil al que la invitó a subir. La idea de una osada aventura fuera de las tardes de tareas y dibujos animados la incitó a consentir.

Sus labios maquillados con carmesí y los lentes oscuros hurtados en casa contrastaban con las dos coletas castañas y reafirmaban la idea en ambos de que sería una tarde prometedora.

El viaje se había alargado demasiado, o al menos eso pensaba ella. Estaba atenta a las manos y los brazos fuertes que sostenían el volante, a los músculos que se marcaban a través de la playera ajustada y los *jeans* que cubrían unas atléticas piernas. Sintió timidez por los finos vellos de sus piernas delgadas; por las calcetas blancas y los zapatos negros; por la falda de uniforme que vestía, al salir de casa, a la rodilla, y que en el baño del colegio doblaba sobre su cintura hasta que lograba acortarla lo suficiente; por el suéter con sus iniciales bordadas, y por la mochila de colores brillantes. Pero se avergonzó también por un acto que ella advertía reprobable, pues querer devorar el mundo adulto de un bocado sin saber de lo que está hecho, en un intento por desvelar sus secretos (que se disfrazaban con astucia bajo aquella voz), era un suceso alarmante.

Se detuvieron en un portón negro. Aunque ella empezó a dudar de sus decisiones, no quiso parecer cobarde, así que bajó del auto cuando él le abrió la puerta; caminaron hacia la entrada. Dentro se escucharon algunos pasos, voces que susurraban y puertas que se abrían y cerraban con fuerza. A través del sonido simple de la chapa, se dio cuenta de que él no había puesto llave y sintió un poco de alivio. La condujo a una sala y la colocó en el centro de un sillón para dos personas, justo enfrente de una cámara de video que tenía una pequeña luz roja parpadeando. Le dijo que volvería pronto, que se sintiera libre, en su propia casa; sin embargo, sus vellos se erizaron con un estremecimiento, lo que, al escuchar unos pasos que se acercaban con rapidez, trató de ocultar frotando sus piernas.

Esperaba ver el cuerpo del hombre, mas en su lugar apareció, en el resquicio de la puerta, una figura casi idéntica a ella en cuanto a proporciones (debía ser una niña de diez u once años), vestida de manera particular, una con la que había visto a algunas mujeres en hojas de revistas abandonadas en las calles o en esas páginas de internet que salen sin previo aviso. También estaba maquillada. Debajo de ese semblante incompleto se asomó otro con las mismas características, y luego un tercero, este último ostentando una marca violácea alrededor del ojo que dejaba ver. Emitieron algunos sonidos ininteligibles y la observaron con atención, incluso señalaron el lugar por donde él había entrado e hicieron ademanes para que se fuera, que regresara por donde había entrado. Bajo esta confusión irritante y a punto de ponerse en pie, apareció él en el punto que estaba siendo señalado, y las caras y los brazos se escondieron con una premura temerosa.

Él caminó con una sonrisa un poco diferente a la que ella conocía. Se acercó a la cámara y oprimió un botón con el que la pequeña luz roja dejó de parpadear: se había convertido en el eterno punto distante que creaba un testimonio veraz de lo que ocurría en ese lugar.

Se dirigió hacia el sillón y se sentó a su lado, a unos centímetros de distancia. Se volvió y la miró aún con esa sonrisa de la que ella empezaba a dudar, pero en la que todavía confiaba. Pasó lo que se había estado postergando: debajo de unos ojos que en ningún momento se cerraron, fueron besados unos labios fríos de terror; ella se sorprendió al percibir aquel instante tan lejano del planeado y practicado tantas veces frente al espejo o con el dorso de la mano. Sin poder separar su rostro del de él, veía cómo una de las manos se acercaba a su cuerpo y se dirigía a donde deberían estar sus pechos, a esa parte que esperaba con ansias ver desarrollada y que ahora estaba siendo palpada por un desconocido que buscaba algo imposible de hallar. El horror aumentó cuando sintió cómo la extremidad bajaba por su vientre hasta llegar a su pelvis, se deslizaba hacia un lado y continuaba su camino por el muslo derecho. Hasta ese instante él se separó y le ofreció algunas golosinas que tomó de una mesita como muestra de simpatía, pero las delicadas manos sudorosas estaban impedidas para tomar el regalo. Él, dejándolo entre los dos, tocó ese rostro agraciado que a la distancia reflejaba inocencia y una ingenuidad que constataba al poder acariciarla.

La única sonrisa de la habitación hacía algunos segundos se había transformado en otro gesto, en uno lascivo que reflejaba la verdadera intención de la visita. La docilidad que ella había mostrado ya no era una opción. Intentó ponerse de pie, mas él la sujetó con fuerza de la muñeca, tratando de no lastimarla. Lo que ocurriera sería conforme él lo decidiera; de nuevo se sentó, vulnerable aunque serena, con una visible comprensión de la situación a pesar de que era caótica.

Con algunas de las normas entendidas por la nueva jugadora, el protagonista empieza a desabotonar sus *jeans*. Su mirada denota un lenguaje mudo que se interpreta sin necesidad de ningún idioma; ella ahora sabe que dos voluntades opuestas lucharán por lograr su objetivo y que la perversidad tiene un rostro, ése que está a su lado. Intuye que las fantasías son algo lejano y que están incluso en una dimensión diferente a la de la realidad; no basta con imaginar para poder conocer. Esto pasa por su cabeza mientras él frota sus genitales frente a ella. Repentinamente, libera un órgano en el cual ella había reparado ya y le provoca una sensación de riesgo que excede cualquier posibilidad supuesta, la sitúa en ese acto y vuelve tangible el terror.

Él toma una de sus manos y se sorprende al percatarse de su baja temperatura y del aparente dominio y entereza de la niña. Guía la extremidad hasta su miembro y hace que lo toque. Haciendo uso de la fuerza necesaria, toma su cabeza y la acerca cada vez más a su pene. Incluso en tal circunstancia hay delicadeza y parsimonia en el trato, lo que empieza a provocar efectos en quienes no estaban contempladas en esa escena.

La resistencia no se hace esperar, y con visibles lágrimas corriendo por su rostro, ella pronuncia un "no" que con dificultad se hace audible. Él se detiene y limpia las lágrimas con sus dedos pulgares, tratando de evitar la catástrofe, los gritos, los golpes. A pesar de la situación, empieza a importarle, aunque no lo suficiente para liberarla. No ahora, no en ese deleitante momento. Logra de nuevo tomar las glaciales manos y colocarlas en su miembro, el cual obtiene un placer singular con el cambio brusco de temperatura y lo priva en los segundos exactos en que el ataque infantil se desata: tres niñas pequeñas salen corriendo, toman en sus manos cualquier objeto disponible: un teléfono fijo, un pequeño jarrón de porcelana china y un cenicero de vidrio grueso. Pasan desapercibidas incluso por ella, que mantiene los ojos cerrados tan fuertemente como le es posible.

Los golpes se suceden de manera rápida y alarmante: el jarrón se estrella en la cabeza del proxeneta; el cable del teléfono fijo rodea su cuello y es tensado con fuerza mientras el cenicero golpea los testículos. No sabiendo cuál dolor atender primero, él lanza un sonoro grito con el que ella por fin abre los ojos y se da cuenta de lo que ocurre. Es una oportunidad de libertad otorgada involuntariamente por el recelo y la envidia de las otras confinadas.

Sin quedarse a observar la batalla, acierta a tomar su vistosa mochila (la había colocado a un lado de la puerta principal) y salir al portón, el cual, por más que intenta, no logra abrir. Los gritos no se han dejado de escuchar y presiente que estará de nuevo dentro de la casa; busca con desesperación una salida de la situación errónea que ayudó a crear. Logra ver, donde el portón se une a la pared, una pequeña entrada en la parte baja, un recuadro cubierto por una cortina de plástico. Al siguiente segundo logra escapar a través de él y pisar ese mundo del que fue separada lo suficiente como para conocer una fracción aún incomprensible de la vida. Corre en la dirección en que ve más luces, a pesar de que son diminutas, y se pierde en una infinidad de árboles y veredas.

Una vez superado el fracaso, él deja pasar uno, dos días. Al tercero imagina cómo será la llamada: le preguntará por qué se marchó, dirá lo mucho que le había gustado y que los dulces continúan ahí, en el sillón. Prometerá no volver a besarla, a tocarla; hará cualquier cosa para lograr que esté de nuevo con él. Imagina también la respuesta a sus palabras; no tendrá que esperar más de un par de horas para volver a tenerla donde él quiere. El error estúpido de la puerta sin asegurar no se volverá a repetir y aquellas rapazas no serán un problema de nuevo.

Toma el teléfono celular y selecciona el ansiado número. Timbra una, dos veces. Deja que suene dos más y cuelga. No puede creer que lo haga esperar tanto. Vuelve a marcar. Al segundo timbre, ella acepta la llamada, pero no se escucha su voz. Decide entonces ser el de la iniciativa y con un efusivo "¡Hola! Me encantaría volver a verte, ¿cuándo puedes?", espera obtener la respuesta deseada y salir de inmediato a recogerla. La réplica que recibe son tres palabras bíblicas y amenazantes de una voz mucho más profunda que la suya: *Ojo por ojo...*

# Hacia el abismo

"Contradíganme, pero sobre todo contradíganse
ustedes mismos. Uno sólo debe mantenerse fiel
a aquello que no dice."

H. M. Enzensberger, *Reflexiones del señor Z*

Tomaste una actitud de ambivalencia ante la vida y las relaciones interpersonales: aunque las odias, no puedes evadirlas. Reconoces que son necesarias.

De nuevo despiertas junto a un desconocido que de repente aborreces. Te fijas en detalles en los que no reparaste al entrar al lugar: la puerta rasgada, las paredes con manchas de suciedad, la cortina raída y el vidrio de la ventana roto. Te felicitas por tu habilidad para terminar con lo peor.

Fracasar se convirtió en tu premisa. Buscas la seguridad de saberlo todo perdido arrastrando a alguien contigo; en complicidad se aligera la carga de la culpa, sin importar la razón de su origen. No hay otra opción para tu existencia.

Tomas tu ropa del piso, a excepción de las bragas, que no tienes idea de dónde puedan estar, y te levantas, intentando no despertar a ese ser que oculta su rostro en la almohada. Imaginas que está tratando de asfixiarse, y esperas que lo logre.

Pretendes que crean cada palabra que sale de tu boca, cada mentira formulada a la perfección, engaños construidos con interés y dicha. Tienes un poder adverso: el caos invade tu interior; pudiendo evitar una catástrofe, no lo haces, la ocasionas a la menor provocación. Quisieras ver a los otros hechos nada, hechos mierda.

Buscas tu bolsa pero no está en el cuarto. Abres la puerta y te recibe un espacio reducido en el que confluyen el resto de la casa y su desgracia. Con un ligero suspiro la encuentras en un sillón; revisas que tu cartera, llaves y celular estén dentro y te marchas. Agradeces no haber extraviado nada más que el orgullo.

Aliviada, llegas a la seguridad del hogar materno, que está vacío; no tienes testigos en la decadencia. Apestas a cigarro y alcohol, a intento de placer fermentado. Ya en la sala, te reconforta percibir un aroma conocido y dulzón. Vas a tu dormitorio. Te tranquiliza estar en ese sitio, percibir el contraste perfecto con el ambiente limpio y casi aséptico. Lo que sigue es tomar un baño de esos que incluso limpian tus recuerdos.

Tu madre es esa figura que pese a las ausencias, los enfrentamientos y los rechazos educados se mantendrá en una posición afable. Sabes que cuando estás fuera no deja de preocuparse, que no entiende tu necesidad por dormir en otros sitios ni tu afición por el alcohol y otras sustancias de las que, en apariencia indiferente, te ha escuchado hablar; la única respuesta que conoce es que la mantengas al margen y le agradezcas su abnegada preocupación de amor absoluto. Te desplazas en esferas incompatibles, cada una tan antagónica y necesaria como la otra; encuentras la armonía dentro de la confusión que te ahoga.

Ahora necesitas soledad para recobrarte. No saber nada de lo ocurrido ni de los involucrados, a los que no vuelves a ver, y, en caso de hacerlo, la evasión es tu mejor defensa. Debes permanecer así, imposible durante la abstinencia, inalcanzable en la realidad.

Una de tus normas es nunca pensar en lo que vendrá después del fin de semana; otra, despreocuparte de cualquier riesgo; la principal es la negación. Lo primordial es mantenerte en una cuerda floja y saber que con un soplo caerás al vacío. Los *black outs* se han intensificado: presencias de espacios en negro que te protegen para vivir en la ignorancia. Medirías las consecuencias de tus actos si tuvieras con qué hacerlo, pero careces de parámetros. No es que no te importe la desgracia, no la tomas en cuenta porque tu objetivo es ser imprudente en los peores escenarios, compartir tu cuerpo con extraños; permanecer al margen cual maniquí perfecto; pensarte una altruista del placer.

Ciertos acontecimientos te persiguen como lastres: tu infancia y los amaneceres en casa de tu abuela con la ropa interior hasta los tobillos; el encuentro con un adulto por el que tu padre, cuando aún vivía en casa, te confiscó el celular durante tres meses y tu madre hurgó entre tus cosas para recuperar su labial favorito y sus lentes oscuros; un vecino mayor acosándote por internet a los trece años, o el hombre de la PGR que te propuso matrimonio a los quince en un bar al cual solías acudir, tratando de conquistarte con la historia de los clavos en las piernas de su hija por culpa de sus genes deficientes. Te sentiste obligada a estar en un riesgo constante; si éste no llegaba, debías salir a buscarlo.

Recuerdas tu primer *rush*, mejor que un orgasmo por su duración, en el *after* de una fiesta de año nuevo. Te sorprendió lo pequeño de las pastillas y lo impresionante de su efecto. Durante tu primera seca en una *roof party*, te sentiste tan avergonzada al pensar que te habías orinado sentada en las escaleras que saliste desesperada tocándote la entrepierna y notando que no estaba empapada; llegaste a la calle sólo para que preguntaran por tu precio y destruyeran en segundos tu confianza y altanería falsas. Comenzaste a frecuentar la calamidad en diversas formas, a fragmentarte en hoteles para pasar de boca en boca y de cuerpo en cuerpo. Te convertiste en fantasías y envidias, en el perfecto personaje subversivo que no dejó de buscar a alguien que lo reconociera bajo la capa de mentiras que urdía con furia.

Empezaron a proliferar amistades masculinas que invariablemente te acechaban, buscando la ocasión precisa para atacar, y que volvieron real la sentencia del exnovio que aseguraba que la amistad entre sexos opuestos no podía existir.

Aceptaste vivir con la condena de la atracción atada a tus tobillos, un espectro que recorría cada parte de tu cuerpo. Accediste a ser el eslabón esencial de una fatídica cadena. No te enseñaron cómo desprenderte de la culpa; aprendiste más rápido que era mejor mantenerla oculta y sepultarla a cada paso con otras faltas. Creaste tu álter ego con una sombra de errores que se estiraba cada que hacías aquello que te habías jurado no repetir, cada que decidías complacer a cualquiera por el simple hecho de que había mostrado el mínimo interés en ti.

Aunque han intentado comprarte una infinidad de veces, muy pocas lo han conseguido, y es algo que te avergüenza menos de lo que te satisface. Te volviste consciente de tu valor y no has desaprovechado oportunidad de demostrarlo. Vives con la convicción de que es peor la infidelidad premeditada que la circunstancial, que el engaño divulgado es el real. Te has convertido en el verdugo que gusta de asumir cualquier tipo de culpa, y eres fiel a la pulsión de arruinar todo con embustes y a no serte leal ni a ti ni a tus recuerdos, un resultado de la casualidad, tu propia destrucción y salvación. No hay nadie tan indulgente contigo, te perdonas cada error incluso antes de cometerlo o en el acto, y te continuarás eximiendo con mayor clemencia conforme desciendas al abismo.

Palabras e imágenes dan vueltas por tu cabeza al tiempo que descansas con el cabello húmedo sobre la cama y tu respiración se vuelve más pesada.

Por la tarde encuentras en el buzón el folleto de una campaña gratuita de VIH que promete resultados precisos en cinco minutos. Sabes que sí, existe la posibilidad de que estés infectada. Habías preferido vivir a la expectativa.

Tienes miedo y llamas a alguien que te convence de realizarte la prueba, pues te promete que la hará contigo. La situación te causa un poco de gracia: le temes a la verdad. Lo tuyo es abrir y atravesar una puerta a lo desconocido y no una que te resulte familiar.

Programan el día y la hora. Hay tres posibilidades: que uno de los dos se desvanezca y el otro permanezca intacto, que ambos se desmoronen o que ninguno esté infectado.

Para llegar al sitio indicado, atraviesan un puente peatonal sobre una de las avenidas principales, y piensan que es el lugar preciso en caso de que el análisis resulte positivo, que ese puente podría tener otra finalidad: convertir el asfalto que está debajo en un firme Leteo. Lo comentan antes de pasar a la sala de espera. Sonríen porque es esa visión pesimista la que los unió.

Pican sus índices con segundos de diferencia. Ambas gotas de sangre son depositadas en recipientes minúsculos y los dos salen a esperar. Estás indefensa y expuesta ante un pinchazo con el poder de revelar una terrible amenaza o la muerte misma.

Tras los minutos correspondientes, los nombran desde una puerta entreabierta. En lo que tardas en ingresar recuerdas el puente, calculas el tiempo que te tomaría llegar y lanzarte hasta tocar el pavimento con la cabeza... El resultado es negativo.

Continuarás con la eterna búsqueda del fragmento de tu alma extraviado en los demás. Debes esforzarte un poco más para alcanzar el caos: sigues de pie sobre la cuerda floja.

# Tres lunares

"Todo deseo estancado es un veneno."

André Maurois

Lo que sabía sobre ellas lo había aprendido en la *deep web*. De la incredulidad tardó un minuto en pasar a la fascinación y decidió crear su propia muñeca. Internet le había mostrado una gama de material desconcertante, empezando con aquel video en el que tres adolescentes torturan y asesinan a un turista golpeándole la cabeza con un ladrillo e introduciéndole un destornillador en repetidas ocasiones en uno de los ojos, o fotografías de personas teniendo sexo con el muñón de algún amputado y otras penetrándose el ano con cualquier tipo de objeto. Hasta ahora había sido parte del público que exonera sus culpas al saberse inocente, al ubicarse en un lugar ajeno a las atrocidades de las que forma parte desde un sitio remoto y en apariencia seguro.

A pesar de la connotación erótica de las criaturas y la vulnerabilidad de sus cuerpos, el sexo era algo adicional a la estética. Descubrió que la sensación de fragilidad de un ser a total disposición de sus manías llenaba un gran vacío. Era ese estado de desamparo total y dependencia hacia el individuo menos indicado lo que le fascinaba. La delicadeza de sus cuerpos le recordaba su infancia, diluida en evocaciones excitantes, víctima de sus propias fantasías, y su anticipada ansia carnal aliviada en alguien de su edad, una mente frágil y abierta que aceptó su condición anacrónica sin titubear, sin ideas que mancillaran sus primeras experiencias hedonistas.

Desde los cuatro años había empezado a imitar el rol de una madre que amamanta; se colocaba una Barbie en el pezón diminuto. Ese acto la estimuló mucho más que el instinto materno: la figura desnuda unida a su cuerpo creaba una sensación desconocida y placentera que la inundaba por instantes.

A los seis años tomó gusto por pasar las noches bajo los edredones de la cama de su hermano mayor, pues, en algún punto específico de esas horas en tinieblas, sentía urgencia por estar a su lado. En silencio y con discreción se dirigía a la recámara de él, donde la seguridad de los cuatro muros diminutos de un mueble poco profundo con forma de auto la esperaba. Sabía también de una necesidad apremiante que se satisfacía cuando inexperta palpaba el pequeño miembro y las suaves manos ajenas se complacían tocando sus tiernos glúteos. No puede (o quiere) recordar cómo inició aquello, y parece tan lejano que las imágenes han perdido color; esas noches se han transformado en retazos de sentimientos que prefiere mantener ocultos.

A los doce años vio su primera película pornográfica. Aún se acuerda de que ese día un llamado urgente la instó a buscar entre las pertenencias de su hermano; era una de las tardes en las que se quedaba sola en casa. Tenía el presentimiento de que encontraría lo que estaba vedado para ambos, pero que él se había apropiado en secreto. Como si su mano fuera guiada, tomó la cinta de video. Tras colocarla en el reproductor, su mirada se fijó en los senos operados de la protagonista, que precedían a su agraciado rostro y una falsa cabellera rubia, labios abultados y un lunar sobre su labio superior. La toma concluía admirando la belleza de su vulva depilada y exhibiendo una mano que manipulaba un artefacto de metal sobre sus genitales. Los hombres que aparecían en la grabación lo único que sabían hacer era embestir, por cualquier orificio, cuerpos frágiles, sin detenerse un minuto a admirar algo más que sus miembros dentro de ellos, pensando sólo en derramar el semen para marcar territorio.

Ver esas cintas a escondidas, obtenerlas sin permiso y tener que devolverlas en completo sigilo le añadían la emoción necesaria para volverlo un rito excitante: desde esperar la protección de la soledad hasta regresar el objeto a su lugar original. En ocasiones debía practicar un juego constante y repetitivo entre el *rewind* y el *forward* para llegar al punto específico en el que su hermano la había dejado y no levantar ninguna sospecha.

Conoció el placer de la masturbación. Entonces pudo considerar el aislamiento como el primer aliado del gozo; la imaginación fue el segundo. Sin necesidad de una enseñanza previa, un conocimiento nato la guio cuando una tarde de domingo no pudo reprimir unos leves gemidos espontáneos al llegar al orgasmo; esa exaltación que sería el *leitmotiv* de su existencia.

El inicio de su vida sexual fue más incómodo que placentero. Conoció la limitación de algunos hombres enfocados en el deleite propio o ignorantes casi por completo de la anatomía femenina, y aprendió que a estos últimos se les podía mentir sin miramientos en relación con su desempeño.

Su interés hacia los varones fue disminuyendo hasta que sólo encontró buenos motivos para mantenerlos a su lado a manera de simple compañía.

Decidió mudarse cerca de la universidad a la que había ingresado. La colonia era grande, con casas más chicas que sus jardines y habitadas por parejas jóvenes. No tardó en encontrar su verdadera fascinación: una hermosa niña de nueve años, delgada, de cabello castaño, ojos oscuros y con las piernas apenas cubiertas por una pelusa clara. Tres lunares en línea recta adornaban su rostro en una de las mejillas. Asimismo, la risa de la pequeña ayudó a desarrollar una obsesión que la llevó a coleccionar, durante meses, diversas muñecas de porcelana articuladas y de un realismo impresionante, con un estilo muy similar a las creaciones de artífices orientales. Las sustitutas en miniatura no tardaron en atestar una habitación. De diversos tamaños, con cabellos de colores y vestimentas de diferentes texturas, tenían una característica peculiar en el rostro: una expresión de tristeza infinita, de pérdida; una intuición grabada en sus delicados rasgos.

Indagó un poco y descubrió que la niña se llamaba Gabriela y que era la única hija de Leonor, una cuarentona que había llegado huyendo de los chismes y el desprecio por ser una madre tardía y soltera. La señora era muy reservada y la criatura no parecía importarle demasiado: a menudo notaba, gracias a sus continuas risotadas, que la pequeña rondaba sola hasta el anochecer.

Durante las tardes que se paseaba frente a su casa, la contemplaba con deleite cada segundo. En una ocasión, al regresar de la facultad, la encontró sentada en su jardín con una muñeca sin un brazo y el cabello mal cortado. La invitó a pasar a su hogar con el pretexto de mostrarle su colección. Fue una de tantas veces en que jugarían con las muñecas, vistiéndolas y recreando situaciones diversas. Incluso le regaló algunas con la condición de que no dejara de ir a verla. La niña era encantadora y llegaba como partía, sola. No mencionaba a persona alguna durante sus visitas. La madre se mantuvo al margen de esa amistad.

Las muñecas se habían convertido en un vínculo con lo único preciado en su vida. Aquellos objetos representaban mucho más de lo evidente. En ocasiones, tomaba las pequeñas manos plásticas y frotaba sus labios y clítoris con ellas. Después lo hacía con sus rostros, y no dejaba de mirarlas a los ojos cuando el ansiado orgasmo llegaba.

Una noche, buscando sitios en internet donde vendieran muñecas de tamaño real, de algún material suave y que tuvieran articulaciones realistas, navegó durante horas hasta que llegó a páginas ilícitas.

No tardó en encontrar a las Lolita Slave Toy: en el este de Europa, en países en constante crisis social por conflictos bélicos, niñas menores de diez años de edad eran convertidas en esclavas sexuales de juguete y vendidas al mejor postor. Cualquier tipo de problema legal se evadía con un pacto monetario entre los fabricantes y un orfanato: llegaban a venderlas hasta por cuarenta mil dólares. Eran sometidas a diversos procedimientos que aseguraban su eficacia, como la extirpación de las cuerdas vocales y las piezas dentales o la amputación de antebrazos y antepiernas, sustituidos por prótesis flexibles inmejorables. Su docilidad se conseguía a través de un suministro constante de sedantes, y se debían alimentar con regularidad a través de una mamila. La garantía era que vivirían al menos durante tres años a partir de la entrega.

Las imágenes e historias que encontró no la abandonarían: si una niña cruzaba por su campo visual, la imaginaba sin extremidades y vendada por completo, a excepción de los orificios vitales. Cuando alguna madre le sonreía o saludaba, ella respondía al gesto con simpatía. En una visita al dentista, al ingresar al consultorio observó en otro cubículo a una nena con un singular instrumento dental que le prohibía cerrar la boca. Por instinto recreó una escena con la pequeña rodeada de diversos artefactos llamativos, siendo víctima de dispositivos médicos innecesarios.

Si todavía no tenía su propia Lolita era por lo costoso, así que se dedicó a leer cada detalle con el que eran creadas e investigó sobre los diversos procedimientos quirúrgicos, las técnicas y los recursos y suministros médicos necesarios para lograr el objetivo de la manera más satisfactoria posible.

Durante ese proceso no estuvo con Gabriela, y logró tener dispuesto lo necesario a la brevedad. La tarde esperada llegó y la niña mostró una docilidad aprendida que le sentaba muy bien; parecía aceptar su futuro, tener un natural instinto de extinción.

Tras el primer sedante administrado en su bebida, era un ser admirable: el rostro tranquilo y la postura relajada en una posición excepcional. La risa acostumbrada se transformó en tiernos suspiros y había logrado desnudarla sin oposiciones. En sus ojos entrecerrados se podían observar reflejadas las últimas imágenes con que se despediría del mundo. Comprobó que los tres lunares simétricos eran su única seña particular.

Pasaron cuatro horas y el segundo sedante fue inyectado. El cuerpo cedió por completo. No sabía si alguien había visto a Gabriela entrar a su casa, si la madre la estaría buscando o si la policía irrumpiría en cualquier instante para escudriñar por doquier.

La condujo a la habitación que había acondicionado, aislada acústicamente por completo, donde procedería a realizar las modificaciones necesarias. La recostó y sujetó con fuerza sus extremidades, asegurándolas con gruesas cintas. Le colocó el abrebocas y se dispuso a extirpar los dientes. No pensó que tardaría tanto, que manaría tal cantidad de sangre ni que tuviera que usar tanta fuerza con las pinzas. Aunque lo consiguió, la chiquilla quedó en un estado tan deplorable que durante los siguientes días se negó a ingerir cualquier líquido a excepción de los narcóticos.

La impresión de la boca sangrante e inflamada fue demasiado. Saber la maldad real, advertirse a sí misma capaz de reproducir el horror con sus propias manos, la alejó de los siguientes pasos de la transformación. Decidió esperar a que se recuperara y dejar que las circunstancias impusieran sus requisitos.

Después de una semana nadie la molestó, ni siquiera vio carteles anunciando la desaparición de la pequeña.

Gabriela había bajado de peso y tenía una existencia de sombra; su cuerpo se había convertido en un caparazón degradado. Se privaba durante horas. Sus signos vitales eran vagos y no había vuelto a abrir los ojos. La calamidad recreaba la desgracia en esa habitación.

Decidió detener en definitiva el proceso de la transmutación. Su presente se transformó en una interminable espera por algo que sabía distante. Descubrió que no hay peor tortura que el dolor y el recuerdo.

Fantaseaba con los posibles desenlaces al conservar ese fragmento de infancia suspendido por correas, y, al considerar cada opción que podría (y quizá debería) poner fin de forma repentina, rechazaba su viabilidad a causa de la frustración, de la interminable soledad que acarrearía. Aquello se había convertido en una fugaz situación de masoquismo cotidiano.

Decidió fotografiar su creación en ciernes y subir el material a algunas de las páginas en las que había iniciado todo. Evitando detalles personales o cualquier tipo de información superflua, una Lolita agónica y desdentada apareció en una multitud de pantallas.

Un cliente habitual de esos sitios dio con las fotografías, y un golpe certero a su memoria evocó un suceso por completo remoto: reconoció, en aquella muñeca moribunda, los tres lunares alineados que marcaban el mismo lugar en su propio rostro.

# Mónos

"Quién no se ha preguntado:
¿Soy un monstruo o esto es ser una persona?"

Clarice Lispector, *La hora de la estrella*

### 5 de enero

Rara es la ocasión en que tengo suerte; hoy fue uno de los mejores días. La reconocí bajando por las escaleras hacia el andén, me coloqué detrás de ella y logré sentarme enfrente del asiento que ocupó. No tardó en abstraerse en la obra en turno, *El juguete rabioso*, e hice lo propio. Desde que la encontré, uso los libros a modo de vínculo invisible; son un guiño discreto de complicidad.

Llevo un registro de sus lecturas justo en la parte posterior de esta libreta. Éste era nuevo; agregué el título y el autor a la lista. La he visto notar que los forros de mis ejemplares son de periódico, pero no creo que su curiosidad la alerte y se percate de que sigo sus lecturas e incluso a veces compro sus ediciones. Ella es mi mejor referencia de literatura, y se lo haría saber si no ignorara su nombre, si pudiera siquiera soportar su atención. Nada la contiene, nada la limita: es todas y ninguna. Es un conjunto de cientos, miles de páginas ordenadas en un estante de mi habitación.

### 14 de enero

La distinguí hoy, entre tantos rostros y cuerpos, tras abordar. En varias ocasiones busqué con discreción su faz y el objeto en sus manos, pero aun a escasos metros resultaba difícil mirarla, notar esos párpados casi cerrados cubriendo unos ojos fascinados por descripciones de mentes y vidas tan lejanas como similares.

Vuelve a intentar ser parte de lo que la rodea sólo cuando debe abandonar las letras y regresar a una existencia de guiones improvisados y narradores herméticos. Noté cómo, poco antes de llegar a su estación, se puso de pie y con gran dificultad logró acercarse a las puertas, quedando tan sólo a centímetros de mí. A pesar de la cercanía, no advirtió mi presencia, como la mayoría de las veces, aunque logré percibir el delicado aroma que la acompañaba.

Su vestido entallado y corto resaltaba su esbelta figura. Sus manos, de una delicadeza divina, me hicieron imaginar que, si sus pies eran feos, sería mejor amputarlos, o que, si estuviéramos en la China de hace dos siglos, la obligaría a seguir la tortuosa costumbre de los pies de loto y tendría las mejores cestas de flores, el diminuto calzado para las extremidades bellamente deformadas.

*20 de enero*

Al notar que tenía una edición ilustrada de *Crímenes ejemplares*, no pude evitar pensar y disipar cualquier duda al respecto: seríamos los mejores Bonnie y Clyde modernos. Necesitamos una cámara fotográfica. Las armas son lo de menos; incluso podríamos usar unas falsas al principio. Una joyería Tiffany y otra Cartier, para empezar; los bancos tendrían que esperar. Cuando imaginé las sesiones fotográficas previas y posteriores a los atracos, supe que esa parte del plan era su favorita, porque al voltear a verla sonrió, y ése era un símbolo de aprobación.

El vals de los monstruos

Antes de las joyerías podríamos tener un almuerzo en algún campo alejado para jugar a Guillermo Tell y su hijo, con una ballesta y dos flechas, una para la manzana y la otra para su corazón. Para evitar justificaciones cobardes, lo haríamos en completa sobriedad. En esta ocasión fue ella la que me observó; lo noté porque el peso de su mirada detuvo mis pensamientos e incluso creí que había escuchado mis ideas e intuido su futuro sacrificio, o tal vez sólo prefería que el papel del hijo fuera mío y errar el tiro con ambas flechas para dejarme agonizar pendiendo de un árbol. Con evidente nerviosismo, decidí cerrar mi libro, y al instante ella regresó al suyo.

Cuando la tensión se vuelve obvia, justo de la manera en que ocurrió esta mañana, me basta con acercarme y abrir las fosas nasales lo suficiente para poder captar su esencia entre los efluvios de los otros y saberla mía. Aunque he logrado identificar varios de sus perfumes, su olor natural predomina con insistencia sobre cualquier nota olfativa.


## 25 de enero

A veces finjo estar muy concentrada en mi libro, mas hay días en que no avanzo de la misma página, incluso de un solo párrafo. Pese a que leo las palabras, la voz en mi cabeza crea una disputa de la que no puedo salir si no me tranquilizo al verla respirar con normalidad e ignorar la marcha frenética del tren por los túneles debajo de la urbe; me detuve para mirarla y noté de reojo que movía los labios.

Supe que había encontrado una frase reveladora porque conozco su ceremonia: la lee en voz baja tres veces y la subraya enseguida. Pausé la canción en turno y, aunque por la distancia no logré escucharla, entendí lo que articulaba con insistencia: "Nos miraba con la belleza infantil y desgarradora de la esquizofrenia", que pertenece a *Mire al pajarito*. Sacó un lápiz azul un poco mordido, realizó las señales correspondientes en la página y lo guardó de nuevo. Yo también tengo uno, pero no lo utilizo en sitios cerrados porque no puedo soportar la sensación de clavarlo en algún ojo, en alguna mano o en determinado corazón.

## 11 *de febrero*

Sentí un deseo infinito de tocarla bajo el anonimato de la oscuridad esta tarde, cuando el tren se paró en uno de los túneles y se apagaron las luces. Tanto tiempo sin su imagen se estaba volviendo insoportable. Al encenderse de nuevo, ella estaba pasando los dedos por su melena, y se detuvo para desenredar un nudo del que se soltaron algunos cabellos que miró con asco. Se deshizo de ellos y cayeron junto a sus botas. Les presté más atención porque ya en varias ocasiones he recogido algunos que en definitiva no eran suyos. Tiré una moneda cerca del tesoro y lo tomé. Cuando he logrado sentarme detrás de ella, he pensado en lo fácil que resultaría cortarle un mechón de pelo, pero necesito las raíces de su cabello.

Se apagaron las luces de nuevo por un instante. Se fastidió y guardó *Desgracia*. Cerró los ojos. No llevaba audífonos, pero su cuerpo se empezó a mover casi imperceptiblemente siguiendo una melodía específica. Los dedos de su mano izquierda tamborilearon en el pasamanos el ritmo que yo estaba escuchando y que armonizaba nuestro reducido espacio. Pude admirar la piel que cubría sus delgados dedos y brazos, e imaginé que sería un cuerpo perfecto para el arte de la plastinación. Continué hacia el pecho y el cuello, hasta llegar a su rostro: sería ideal contemplar aquel cráneo intacto bajo una campana de cristal o como albergue de unos tulipanes. Los huesos restantes serían ornamentos, o podría esconderlos en un ataúd diminuto y así tener un sitio al cual acudir y sufrir su pérdida. Incluso deseé guardar su voluntad en un frasco y sus lágrimas en un gotero.

### 12 de febrero

Cientos de veces he imaginado que le hablo y que me presento, aunque he pensado que incluso conocer su voz podría ser decepcionante.

He decidido que, cuando ella muera, y de ser el caso, escribiré una disertación sobre la donación de órganos e investigaré y acumularé los datos para buscar a quienes hayan recibido algo de su materia. Sin duda tendrían una parte de su alma resucitada en sus cuerpos. Quizá la persona más valiosa sería la que tuviera su corazón o sus córneas. Esta ceremonia de la persecución pasiva sería infinita.

### 4 de marzo

Ahora la acompañaba *La invención de Morel*. Descubrí que podría hacer una biografía armada por sus lecturas. Ignoro lo intrascendente: si tiene descendencia o si piensa que el embarazo es una posibilidad absurda; si ha vivido alguna pérdida y podríamos charlar sobre nuestros muertos; si padece somniloquia y su inconsciente se expresa durante las madrugadas, o si desde niña presiente, al igual que yo, su muerte como una insistente sombra o en cada línea que divide el pavimento. Desconozco si está enterada de la importancia de pisar las fracciones y no las diminutas franjas o si evita matar porque sabe del castigo, en apariencia insignificante, que ejerce el universo sobre quien termina con la vida de cualquier ser.

Hoy imaginé que salía, en el último momento, en la misma estación que ella. En ese escenario improvisado, la encontraba de nuevo entre la masa, caminando con paso preciso y esquivando a quienes eran cómplices de la apatía. Imité sus ágiles movimientos y en pocos segundos me coloqué detrás de ella. Volteó algunas veces sobre su hombro. Aceleró los pasos al subir las escaleras y pensé que la perdería de vista.

Ya afuera, el ángulo incorrecto logró que la sombra proyectada de mi cuerpo sobre ella me delatara. Se giró de inmediato y traté de tomarla de la mano, pero eludió el contacto. De un salto, tocó el pavimento segundos antes de ser proyectada en el aire por el vehículo que ignoró la luz en rojo y continuó su impasible marcha tras frenar bruscamente y esquivar el cuerpo. De las ventanas empezaron a asomarse más cabezas de las habituales: el estridente sonido fue un llamado al morbo latente. Dos personas se acercaron indecisas y me preguntaron si la conocía. Respondí que sí y empecé a contar una historia falsa mirando en la dirección por la que había desaparecido el repentino homicida, consciente de que su huida anulaba mi venganza.

Una brusca pausa dispersó aquel augurio. Ella tomó sus cosas para ponerse de pie y analizó cuál sería el mejor camino hasta las puertas. Comenzó a abrirse paso entre el gentío propio de la jornada matutina que invadía cada vagón. Se detuvo tan cerca de mí que de haber querido pude haber tocado su mano. Preferí no perder detalle y calcular de qué zona de su cuerpo podría sacar más provecho para alguna receta del doctor Lecter.

# El vals de los monstruos

## 8 *de marzo*

Bastantes fueron los minutos de retraso hoy. En cada estación nos detuvimos demasiado. Cuando el mismo timbre monótono sonó por décima vez, supe que ella acababa de salir de entre la gente, con la prisa de la tardanza, y la imaginé integrándose al caótico mundo que permanece invariable allá arriba, esa eterna vorágine enfurecida que no parará hasta consumir los restos de cordura que quedan regados por ahí.

A pesar de que las puertas estaban cerradas, pasamos un par de minutos más en el mismo sitio, los suficientes para presenciar la calamidad. Sentí un fuego que empezaba a consumirme y se apoderó de mi ser; un color rojo se mantenía en el centro: un hombre se acercó a ella con rapidez y la tomó del brazo. Su tacto no era el de la casualidad, sino el de la espera delirante. Ella tardó un poco en reconocer la figura; al fin se abrazaron y las asquerosas manos recorrieron su espalda y terminaron en su cintura; los labios rozaron su mejilla.

Su interés por esas palabras y ese afecto parecía sincero. No podía estarme haciendo eso; mis axilas y palmas de las manos comenzaron a sudar y di un golpe en la puerta. Algunas personas voltearon a verme, mas no las únicas que quería que lo hicieran. Mis pies sufrieron lo propio, el pantalón me empezó a irritar los muslos y la blusa me molestaba con cualquier roce. No podía estar más en aquel sitio; anhelaba que desaparecieran, pero no juntos; debía regresar a casa para lamentarme a solas, jamás en ese espacio lleno de salvajes que sueltan dentelladas con la mirada a la menor provocación.

Me negué a ver de nuevo el lugar del encuentro hasta que avanzamos. Ya no estaban.

## *9 de marzo*

Hoy salí tarde. Mis intestinos digerían ácido gástrico porque no quise probar bocado. Mi mal humor por el fugaz encuentro del día anterior continuaba, y fui víctima de uno muy similar antes de llegar a la primera estación. El considerable retraso que implicaba viajar juntos, pegados unos a otros, empezó a desesperarme; al momento de transbordar, tener que andar a la velocidad de una persona satisfecha, con esa lentitud propia de los ignorantes o los afortunados, era algo que nunca había formado parte de mí. Pensaba en buscar una pastilla de menta, cuando asimilé que no leería una página durante el resto del trayecto porque un sujeto no dejaba de hablarme, y que ya no tendría una mínima oportunidad de encontrar a la chica sino hasta el día siguiente. Entonces lamenté haberme quedado acostada algunos minutos extra, sintiendo cómo cada parte de mi cuerpo reaccionaba, hasta que mis esfínteres me obligaron a levantarme.

Escuchaba palabras, frases enteras que se convertían en un murmullo incomprensible al que asentía cada determinado tiempo, y me dediqué a imaginar las respuestas que pude haber dado en la discusión de anoche. Encontré los argumentos exactos para culpar a mi madre por su egoísmo al dejar morir a mi abuela con Alzheimer en un asilo que se ha incendiado tres veces. Mi heredado miedo a la decrepitud y a la vejez alimentó mi angustia. Los gruesos vellos faciales de mi interlocutor me recordaron aquellos que conocía tan bien y que dejé de ver tras esperar durante semanas una llamada.

Lamenté saber que el penoso espíritu o ingenio de la escalera descrito por Diderot es una de mis condiciones de vida, igual que el aislamiento elegido y el abandono al que condeno a quienes crean algún vínculo conmigo.

# El vals de los monstruos

## *15 de marzo*

La pude ver por unos segundos, los suficientes. Únicamente en este silencio y a ciegas puedo maldecir en voz alta y llorar con discreción, examinar y aborrecerme sin acudir a reflejos indolentes que me exhiban con orgullo.

El repudio nos protege. Contradigo el manifiesto de autonomía afectiva: esa mujer sí es mi felicidad, me pertenece tanto como mi propia piel y esta saña incontenible.

## *11 de abril*

Verla hoy me hizo tomar la decisión final. En sus manos sostenía *La separación de los amantes*, y no estoy dispuesta a duplicar ese título en la lista. Es una revelación esclarecedora.

Estando al borde del andén lo he pensado infinidad de veces, sobre todo al ver cómo las dos luces diminutas crecen conforme lo hace el sonido, y prefiero ser yo la persona que esté detrás de quien descubra el frío del hierro y la dureza de las piedras en carne propia durante el instante previo a morir.

Conozco su puerta preferida. Debo esperar hasta que se presente a nuestra cita cotidiana. He notado que se detiene sobre la franja amarilla, con la muerte, la ruptura, a un paso. Quiero que su último grito o pensamiento se convierta en uno con el estridente y conocido sonido de los vagones acercándose, próximos a engullirnos.

# Índice

*El vals de los monstruos* se terminó de imprimir en mayo de 2023 en Litográfica Ingramex, S.A. de C.V., Centeno 162-1, Granjas Esmeralda, Iztapalapa, C.P. 09810, Ciudad de México, México.